AF235623

Eigentlich ist es egal wo man aufwächst,
denn eines bleibt immer Gleich. Egal an welchen Ort
man sich befindet, sobald man anders ist und
dementsprechend nicht in das Konzept der sogenannten
Menschheit passt, wird man als ein Freak abgestempelt.
Doch dort wo ich herkomme, spielt das sogenannte
Konzept der Menschheit kaum noch eine Rolle. Denn
hier, in unserem so zu sagenden abgeschiedenen
Dörfchen, hat jeder schon genug mit sich selbst zu tun.
Dies ist jedoch nur so, weil unser Dorf sich in den
letzten Jahrhunderten kaum verändert hat und das man
so etwas nicht wirklich glauben mag,
kann ich mir gut vorstellen.
Immerhin habe ich dies in meiner Kindheit auch nicht
wirklich gemacht und dennoch hörten meine Eltern nicht
auf, mir bei zu bringen, dass eine Lüge
mich umbringen kann.

Wie ich dann zu einem späteren Lebensabschnitt
herausgefunden habe, hängt das eigene Leben auf eine
bizarre Art und Weise, wortwörtlich von
der Wahrheit ab.
Doch genau dies habe ich mehr oder weniger erst in der

Oberstufe richtig mitbekommen.

Denn erst wenn man in die Oberstufe kommt,
nimmt man das Fach Geschichte richtig durch.
Dabei muss ich wahrscheinlich erwähnen das es sich
hier nicht um das stink normale Fach Geschichte handelt,
sondern nur um die Geschichte unseres Dorfes.
Aus diesem Grund ist zu beachten, dass wir in diesem
Fach unter keinen Umständen etwas
über Weltkriege lernen.

Denn laut meiner Lehrerin Frau Schneider sind die
Weltkriege mit ihren ganzen Opfern, nichts gegen der
noch immer bestehenden Tragödie unseres da seins.
Auch wenn sich die Äußerungen von Frau Schneider in
meinen Ohren nach einer melodramatischen
Ansichtsweise anhören, ist es mir letztendlich egal.
Vermutlich aber auch nur weil ich von unserem
Geschichtsunterricht nicht genug bekommen kann.

In dieser Hinsicht bin ich wohl oder über auch einer der
Freaks, auch wenn ich hier meistens nur als die Hexe
bezeichnet werde.
So weiß ich dennoch was mir meine Mitmenschen damit
sagen möchten. Sie möchten höchstwahrscheinlich sagen
das ich nicht mehr ganz richtig im Kopf bin und wer

weiß, vielleicht haben Sie damit auch recht aber im Gegensatz zu ihnen werde ich niemals nichts ahnend durch die Welt umher laufen.

Genauso wie ich mit Sicherheit sagen kann, dass ich den sogenannten Mördern im Falle des Falles zur Seite stehen werde.

Versteht mich bitte nicht falsch, ich meine andere Leute zu verletzen, beziehungsweise zu töten ist in keiner Hinsicht zu erlauben.

Doch mit reiner Menschlichkeit etwas so wahrhaftiges auf zu bauen, dass brauch' nicht nur Mut, sondern auch viel Überzeugungskraft.

Außerdem können die Erschaffer unserer so gesehenen eigenen kleinen Welt verdammt stolz auf sich sein, denn nur dank Ihnen haben Geheimnisse ihre Kraft als Waffe verloren.

Dennoch gibt es immer noch einige Personen die sich sozusagen gegen unser Schicksal stellen und das ganze als Hirngespinste abstempeln.

Welches mich dazu verleitet an die gesamte Menschheit zu zweifeln.

Genau an diesen Punkt müssen höchstwahrscheinlich auch schon unsere Mörder angekommen sein, wie sonst kann man mit voller Überzeugung hinter dem Spruch "wer nicht hören will, muss fühlen" stehen.

Doch wenn man zurück auf diejenigen kommt, die sich für ein Leben
gegen das eigene Schicksal der Wahrheit entschieden haben.
So muss ich mit bedauern sagen, dass Sie entweder einen
psychischen Knacks weghaben oder tot sind.
Deshalb haben Frau Schneider und ich einen kleinen Aufklärungstext verfasst und diesen in der gesamten Schule aufgehängt.
Umso andere vor den betrügerischen Schein aus Lügen zu warnen und ihnen verständlich zu machen dass sie damit irgendwann ins verderben stürzen.
- Schließlich muss man irgendwo anfangen.-

Auch wenn ich aus unerklärlichen Gründen der festen Überzeugung davon bin, dass Frau Schneider einer der wahrhaftigen Mörder ist.
Doch allein von dem Gefühl das man in sich trägt, wurde und kann kein Mörder geschnappt werden.
Aber auch wenn ich feste Beweise dafür hätte, dass sie tatsächlich einer von Ihnen ist, so würde ich höchstwahrscheinlich schweigen.

Nicht aus Angst vor einem Rachezug der Mörder, sondern aus Angst das Geheimnisse wieder die macht einer Waffe bekommen.

Doch um auf diejenigen zurückzukommen, die versucht haben durch Lügen ihr Schicksal zu umgehen. Muss man wissen dass sie nicht Aufgrund einer Lüge einfach umgekippt sind oder auf übernatürliche Art und Weise gestorben sind.

Denn wie bereits gesagt sind die Täter genauso wie du ich, Menschlich.

Aus diesen Grund verfassen die Mörder für ihre Opfer, beziehungsweise für jeden Lügner eine Art Wahnungsbrief, der jedoch mehr als Drohbrief angesehen wird.

Dieser Brief ist dafür vorgesehen, dass die Lügner die Change bekommen ihre betrügerischen Taten einzusehen und endlich mit der Wahrheit ans Licht gehen.

Wenn dieser Brief jedoch nicht erst genommen wird, treten die Mörder in Aktion.

Einer der Mörder, meines Glaubens nach unsere Geschichtslehrerin Frau Schneider, trat bei uns in der Schule in Aktion und tötete die Psyche eines jungen Mädchens, dass in meine Parallelklasse ging.

Um die Familie, sowie auch das Mädchen zu schützen, werde ich ihr den Namen Josie geben.
Denn nur so kann ich mit reinen Gewissen ihre Geschichte erzählen.

Auch wenn es letztendlich nur in meinem Tagebuch steht...
Josie wuchs in einer sehr religiösen Familie auf, bei der die Gleichgeschlechtliche Liebe verboten ist. Wer dies dennoch in Erwägung zieht, beziehungsweise auslebt, wird von der eigenen Familie verstoßen. Und kommt dementsprechend in ein Heim.
Das ihre Familie dies auch wirklich durchzieht, stand für Josie nicht außer Frage. Denn welches man vermutlich in jedem kleinen Dorf kennt, ist dass Taten sich wie die Luft die wir Atem schneller breit machen, wie wir schauen können.
So bekam auch jeder mit, dass Josie dazu gezwungen wurde, sich von ihrem Bruder zu verabschieden und so zu tun als hätte es ihn nie gegeben.
Also kurz gesagt, ja ihr Bruder war schwul und wurde dementsprechend von seiner Familie verstoßen.
Doch das Geheimnis von Josie war nicht dass sie heimlich Kontakt mit ihrem Bruder gehalten hatte, sondern das auch sie sich heimlich zu dem gleichen

Geschlecht hingezogen fühlte.

Nebenbei kann ich irgendwie verstehen warum Sie keinen anderen Weg sah, als es zu verschweigen. Ich meine Sie war erst fünfzehn und wollte dementsprechend nicht für immer ihre Familie verlieren.

Doch mit ihrem Geheimnis verletzte Josie bedauerlicherweise ihre heimliche Freundin.

Denn kurz bevor Josie für immer einen psychischen Knacks bekam, tat Sie etwas, welches vermutlich keiner nachvollziehen kann.

Denn nachdem Josie bemerkte das ihre Eltern, ihre heimlichen Sehnsüchten auf die schliche kamen.

Schnappte sie sich einen Jungen, der nebenbei schon seit ungefähr zwei Jahren in sie verschossen war und äußerte laut, "das ist mein fester Freund!"

Ihre heimliche Freundin war so verletzt dass sie versuchte sich umzubringen.

Doch zum Glück scheiterte sie daran und ging anschließend in Therapie.

Und dennoch war es längst nicht alles, denn als die Eltern von ihrer damaligen, heimlichen Freundin, Josie darauf ansprachen, äußerte Josie nur weitere verletzende Lügen.

Dementsprechend agierte meiner Meinung nach unsere

Lehrerin Frau Schneider und machte ihr heimliches Sex Leben öffentlich.

In der ganzen Schule hingen Bilder die Josie halbnackt zeigten, sowie auch ausgedruckte Screenshots von ihren geheimen Chatverläufen.

Und von dem Internet möchte ich erst gar nicht anfangen, denn im Internet befand sich plötzlich ihr gesamtes Leben.

Ihr ganzes Leben wurde öffentlich nieder gemacht und entblößt.

Dementsprechend waren auch Videos von ihrem Sexleben zu sehen.

So dass selbst ein Umzug egal wäre, so das Josie nie wieder Zugang auf ein normales Leben haben würde. Weil sie so oder so am A***** wäre.

Natürlich könnten die ein oder anderen sagen, dass sie erst fünfzehn ist und man viel zu hart zu Josie war.

Doch wenn man so wie Josie sich immer mehr in Lügen verstrickt, so dass man selbst den bekannten Mördern unaussprechliche Sachen unterstellt. Dann hat Josie mit dieser Aktion gerade noch Glück gehabt.

Auch wenn Josie jetzt nie wieder die gleiche Person sein wird, so hat sie dennoch etwas Glück gehabt.

Welches sich jedoch nach der ganzen Sache bei ihrer
Familie ereignete, weiß keiner. Denn dies ist irgendwie
still und heimlich abgelaufen.
Irgendwann, nachdem Außenstehende Josie nicht
mehr verspotteten, waren Sie einfach weg.
Kurz gesagt waren Josie und ihre Familie unauffindbar.

Laut unserem Geschichtsunterricht gibt es aber noch
einen ganz besonderen Mörder, einen der nur bei
schwerwiegenden Lügen in Aktion tretet.
Bei diesem erhalten Personen mit kleinen Lügen einen
Brief, in dem laut Aussagen der Polizei häufig drinnen
steht, was jemand zu tun hat, um seine eigenen Lügen
abzuzahlen.
Dabei sind es merkwürdiger Weise keine Drohungen,
sondern so zusagende Spielzüge.
Denn derjenige der einen Brief erhalten hat,
erhält nur einen Namen und ein paar Anhaltspunkte.
Zum Beispiel: George - Gewerbepark - Joggen um
7:00 Uhr - in blau -- betrügerische Kunst--
Nachdem die betroffene Person den Brief empfangen
hat, muss er George im Gewerbepark antreffen und ihm
sagen das seine betrügerische Kunst aufgefallen ist.
Wenn dies geschehen ist, so weiß George das es hier
und jetzt für ihn zu Ende ist.

Laut Aussagen der Polizei haben Sie den armen George kaum aufheben können. Denn der Mörder habe sein Inneres herausgeholt und damit ein nie vergessendes Kunstwerk geschaffen.
Ein Kunstwerk das sich nicht wirklich beschreiben lässt.

Dieser Mörder war jedoch schon seit längerer Zeit nicht mehr aktiv und meiner Meinung nach, ist das auch ganz gut so.
Immerhin kann man es als eine art Zeichen deuten, ein Zeichen das uns wissen lässt, dass unsere Spezies lernfähig ist.
Außerdem müsst ihr euch vorstellen das die sogenannte "Innere Kunst", ungefähr immer eine Woche
präsent ist, weil die Polizisten solange Zeit benötigen, bis sie mit der Entfernung beginnen können.

Kapitel 2 - Drei Jahre später

In den letzten drei Jahren ereignete sich in unserem Dorf eine Katastrophe nach der anderen.

Aus diesem Grund war ich leider nicht im Stande das Tagebuch fortzuführen. Auch wenn es meiner Meinung nach schon recht schön gewesen wäre. Immerhin kann es sein dass irgendwann der Tag kommt, an dem ich mein Tagebuch verlieren werde oder es beende.

Und dementsprechend eine mir höchstwahrscheinlich Fremde Person, es lesen wird.

Doch weil man die Zeit nicht einfach zurückdrehen kann, ist es jetzt leider so wie es ist. Das einzige was ich was ich machen kann, ist eine Kurzfassung darüber wieder zu geben, welche sogenannte Katastrophe sich ereignete. Denn nur so bleibt meiner Meinung nach die Geschichte unseres da seins am leben.

Wie sonst könnten wir die Ereignisse, der vergangenen Jahrhunderte strukturiert verfolgen. Beziehungsweise nach lesen.

Aus diesem Grund muss ich bedauerlicherweise gestehen das sich unser Dorf in ein sogenanntes Kriminal - Klima verwandelte. Dieses sogenannte Kriminal - Klima ereignete sich durch eine merkwürdige Unterstellung. Denn durch diese Unterstellung wurde einer der Mörder wieder aktiv,

den man wortwörtlich niemals begegnen möchte,
geschweige denn, von dem man träumen mag.

Das es sich hierbei um den Mörder der betrügerischen
Kunst handelt, mag ich bis heute nicht glauben.

Zudem mag ich aber auch nicht daran glauben,
dass sich dieser Mörder selbst enttarnte.

- Und dennoch geschah es so. -

Der Mörder der sich öffentlich unter den Pranger
unserer scheinbar kleinen Gesellschaft stellte, war
plötzlich nicht mehr nur unter den Namen "der Mörder
der betrügerischen Kunst" bekannt, sondern auch unter
den Namen Siegfried Adel.

Wie bekanntlich ist, hat jeder eine ganz besondere
Schwäche. Eine Schwäche die uns angreifbar und
dementsprechend auch verwundbar macht.

Genau diese sogenannte Schwäche hat James,
der bei uns nur der Neuling genannt wird, enttarnt.

Das sich dabei die Unterstellung des Neulings um einen
traurigen Zufall handelte, konnten selbst die Polizisten
nicht glauben.

Denn James hatte nicht den Mörder enttarnt, sondern
den Bruder gefunden.

Damit dieser nicht weiter unter den Anschuldigungen
leiden muss, stellte sich Siegfried Adel

selbst an den Pranger.

Denn sein Bruder leidet laut eigenen Aussagen schon seit mehren Jahren unter massiven Angststörungen.

Vermutlich begann Siegfried erst seine kreative Ader freien lauf zu lassen, als bei seinem Bruder eine Angststörung diagnostiziert wurde.

Immerhin kam auch sein Bruder mit den ganzen Lügengeschichten nicht zurecht und das so sehr, dass er sich bis heute nicht mehr aus dem Haus traut.

Schon traurig das einige Menschen wirklich keinen anderen Sinn des Lebens gefunden haben, als andere nieder zumachen...

Nach dieser sogenannten Offenbarung, wurde James für seine Anschuldigung von Siegfried bestraft und alles weitere lief aus dem Ruder.

So sehr, dass meine Eltern sich über eine Umstellung des eigenen Leben auseinander setzten.

Auch wenn es meiner Meinung nach,
nur nach einem Versuch klang, um die
eigene Angst zu umgehen.

Habe ich in dieser Hinsicht kein Mitspracherecht und das obwohl ich bereits neunzehn Jahre alt bin.

Dies mag unter anderem aber auch daran liegen, dass

man hier nur im alter von vierundzwanzig alleine
Wohnen darf.
Warum genau das in unserer sogenannten Gesetzliste
steht, kann ich nicht genau zu hundert Prozent wieder
geben.

Meiner Meinung nach ist es eine Art Sicherung.
Immerhin kann man so davon ausgehen, dass man
zumindest vierundzwanzig Jahre alt wird.
Denn wie bereits bekannt ist ein frühzeitiger
Tod nicht ausgeschlossen.
Wegen diesen so eben genannten Gründen kann ich
mich leider nicht gegen die bald vorgesehene Maßnahme
eines Umzugs stellen.
Doch eines welches meine Eltern mir definitiv nicht
verbieten können, ist es mich zumindest von Frau
Schneider zu verabschieden.
Und wenn ich mich dafür raus schleichen muss!
Denn laut meinen Eltern wäre es noch nicht einmal nötig
für die so gesehenen letzten zwei Tage am Unterricht
teilzunehmen.
Doch weil meine Eltern mich in dieser Hinsicht
besser kennen, als Außenstehende. Wissen Sie das ich
die Schule wirklich gern habe.
Auch wenn dies vermutlich mehr oder weniger

mit der Gestaltung des Unterrichts von Frau Schneider zusammenhängt.

Denn meiner Meinung nach hat Frau Schneider ein außergewöhnliches Talent. Ein Talent das dafür sorgt, sich in die Geschichten hinein zu leben.

Damit möchte ich sagen, dass es sich fast so anfühlt als wäre man in einer anderen Zeit. Als wäre man mitten im Geschehen.

Das ich dabei einer der wenigen war, die den Wunsch äußerte, in die Klasse von Frau Schneider zu kommen, bleibt mir bis heute ein Rätsel.

Immerhin kann man sich nur dann zu hundert Prozent Mühe geben, wenn man es auch wirklich will und wenn man dann auch noch Spaß

bei der ganzen Sache hat, so ist es eigentlich Sinnvoll dies auch voll auszuschöpfen.

Welches mich und vermutlich auch den Rest meiner Klasse verwundert hat, war das ich nach meiner Wunschäußerung ein unglaubliches Angebot von unserem Direktor bekam.

Ein Angebot für einen Klassenwechsel.

Als ich dies direkt nach seiner Frage dankend annahm, wurde die Verhaltensweise zwischen Frau Schneider und mir etwas merkwürdig. Denn irgendwie waren wir plötzlich auf einer leicht bizarren und freundschaftlichen

Ebene angekommen.

Deswegen ist es meiner Meinung nach auch kein Wunder, wenn ich sage, dass ich mich unbedingt von ihr verabschieden möchte.

Kapitel 3 - Der Umzug

Kaum zu glauben das heute schon der Tag ist, an dem ich gemeinsam mit meinen Eltern diesen merkwürdigen und dennoch wunderschönen Ort verlasse.

Vermutlich habe ich auch deswegen ein komisches kribbeln im Bauch. Ein Kribbeln das sich sozusagen über den ganzen Körper breit macht und dafür sorgt das sich Stimmen in meinem Kopf erheben und ein schrillendes Nein von sich geben.

Genauso wie es dafür sorgt, dass mein Herz anfängt etwas zu schmerzen.

-Ok gut, Vielleicht auch ein bisschen mehr

 als nur etwas. -

Aber wahrscheinlich handelt es sich hierbei nicht darum, dass ich etwas vergessen haben könnte.

Immerhin steht das Haus jetzt offiziell leer. Deswegen denke ich eher das es etwas ziemlich offensichtliches sein muss.

Dementsprechend kann das plötzlich auftauchende Kribbeln, nur die altbekannte Heimweh sein.

Schon komisch das man erst die tiefe Traurigkeit verspüren muss, um zu begreifen wie wertvoll etwas für einen selbst war.

Doch abgesehen davon das mir gerade bewusst wird,

wie sehr ich meinen Heimatort vermissen werde, muss ich dabei wohl oder übel gestehen, dass wir fast in der sogenannten Kleinstadt angekommen sind.

Auch wenn die dauerhaft wechselnde Landschaft eher den Schein erwecken lässt, dass es sich bei diesem Ort doch um ein Dorf handelt. So muss ich ebenso gestehen, dass ich nicht wirklich viel Ahnung von der großen weiten Welt habe.

Immerhin ist das einzige was ich bis vor ungefähr vier Stunden sah, mein Heimatort.

Zudem kommt auch noch hinzu das man mir nicht wirklich einen glauben schenken mag, wenn ich mit voller Überzeugung sage, dass ich während der gesamten Fahrt in den Weiten meiner Gedanken war. Beziehungsweise wenn ich sage das ich es irgendwie jetzt noch bin.

Vermutlich kann ich deswegen auch nicht wirklich erklären was mit mir passiert, wenn ich mich in meinen Gedanken verliere.

Mehr oder weniger fühlt es sich so an, als wenn die ganze Welt stehen bleibt und plötzlich verstummt. Wenn auch nur für einen kleinen Moment.

Genau aus diesem Grund habe ich höchstwahrscheinlich auch nicht mitbekommen das wir bereits seit einigen

Minuten an unserem Reiseziel angekommen sind.
Ich habe es erst dann mitbekommen als mein Vater mehrfach gegen
das Fenster zu meiner rechten Seite klopfte.
Irgendwie schon etwas komisch, ich meine er hätte auch einfach die Autotür öffnen und mich dann sozusagen wach rütteln können. Aber wie gut das ich keine allwissende Person oder so bin.
Denn um ehrlich zu sein ist es meiner Meinung nach manchmal auch ganz gut, wenn man nicht alles über jeden weiß.
Schon gar nicht wenn man es im Bezug auf die Gedankenwelt anderer sieht. Immerhin ist sozusagen das einzige was uns wirklich gehört und was uns keiner mal ebenso klauen kann, die unendlichen Weiten unserer scheinbar kleinen, gedanklichen Welt.
Doch abgesehen davon dass ich nicht wirklich Lust dazu habe, meine scheinbar kleine Gedankenwelt zu verlassen, so muss ich es dennoch irgendwann.
Immerhin habe ich nicht vor für immer im Auto zu leben und durch eine Art streik zu sterben.
Deswegen habe ich mich dafür entschieden endlich auf das Klopfen meines Vaters zu antworten und dementsprechend die Autotür zu öffnen.
Das mir dabei das grelle Sonnenlicht entgegen stahlt,

habe ich nicht bedacht. Genauso wenig wie ein leicht frischer Sommerwind meinen Storch ähnlichen Körper umkreist.

Schon merkwürdig das unser Reiseziel sich erst bei so zusagenden Außenkontakt nach einer spannenden Gegend anfühlt.
Aber wer weiß, vielleicht liegt dies auch nur an dem Wetter. Denn laut mir wäre es das perfekte Wetter um auf Entdeckungsreise zu gehen, beziehungsweise wenn ich nicht praktisch neu hier wäre, dann perfekt für einen Spaziergang.
Das ich mit diesem Gedankengang nicht alleine bin, macht mir jedoch ein wenig Angst. Aber auch nur weil meine Eltern ihre Sätze häufig so klingen lassen, dass man selbst an der sogenannten Normalität zweifelt.
Immerhin ist es etwas vollkommen anderes wenn man nur den gleichen Gedankengang hat, als wenn man es so rüber bringt, dass man ein Gedankenleser ist.
Alleine dieses Wort, beziehungsweise der ganze Satz verbreitet auf mir viel zu viel Gänsehaut.
Eine Gänsehaut die bei dem Anblick unseres neuen Hauses nicht gerade besser wird, geschweige denn verschwindet.
Denn die Farbe des Hauses, ist nicht wie erwartet

schwarz, beziehungsweise marineblau. Sondern schaut irgendwie so aus, als wenn sich der Vorbesitzer zwischen den dunklen Farben wie schwarz, marineblau und lila, sowie zwischen den leicht grellen
Farben wie rosa, gelb und weiß entscheiden konnte.
Das diese Farbenmischung grauenvoll ist,
muss ich hoffentlich nicht betonen.
Nebenbei gibt es zwischen den genannten Farben noch nicht einmal einen Übergang, was auf gut deutsch soviel bedeuten soll, wie einfach nur hin geklatscht.
Zudem muss höchstwahrscheinlich auch noch gesagt werden, dass so gut wie alle Nachbarhäuser weiß sind.
Also besitzen wir kurzgesagt das auffälligste Haus in der ganzen Nachbarschaft.
Doch um zurück auf die Gänsehaut bei dem Anblick des angestrichenen Hauses zu kommen, so wird diese natürlich bei jedem weiteren Blick schlimmer.
So das mir nichts anderes üblich bleibt, als zu sehen wie es von innen aussieht.

Auf dem Weg zum Eingang des Hauses, fällt mir erst so richtig auf das dass Haus einen riesigen Garten hat und nebenbei scheinen die Gräser schon so hoch zu sein, als ob das Grundstück seit mehreren Jahren ungepflegt ist.

Aus diesem Grund ist es auch schwer zu glauben was sich im inneren des Hauses befindet, beziehungsweise das es von Innen wie nagelneu aussieht. Es sieht so nagelneu aus das man beinahe meinen könnte vom Fußboden essen zu wollen.

So ist es im allgemeinen immer noch unvorstellbar das dieses Haus

von außen wie ein abschreckendes Frack und von innen wie ein leerer Palast aussieht.

Das man anhand dieses wissen sich lieber doppelt und dreifach die Frage stellen sollte, ob man jetzt wirklich vom Boden essen mag, ist meiner Meinung nach normal.

Doch auch wenn ich mir nur zu gern weitere Gedanken über den leicht merkwürdigen Zustand unseres neuen Hauses machen würde, so muss ich dennoch jeglichen weiteren Gedankengang von mir abschütteln.

Immerhin warten draußen meine Eltern mit den Umzugskartons.

Beim helfen des tragen der Kartons, muss ich gestehen, dass mir erst jetzt auffällt, wie viel wir tatsächlich mitgenommen haben. Es scheint wortwörtlich fast so, als hätten wir unsre ganze Hauseinrichtung mitgenommen. Aber wenn man davon absieht, dann muss ich die Gelegenheit nutzen, um mein neues Zimmer gedanklich zu bestaunen.

Denn obwohl es noch Leer steht, so kann ich mir jetzt schon vorstellen wie ich meinen eigenen kleinen Raum gestalte.

Auch wenn sich jede Gedankenblase bezüglich der Raumgestaltung

ändert, so bleibt eine dennoch bestand.

Bei diesem Gedanken geht es um genau zu sein,

um die vordere Ecke meines Zimmers.

Denn dort befindet sich seitlich ein recht großes Fenster, ein Fenster das eine erstaunlich schöne Aussicht zeigt.

Denn wenn man hindurch blickt, sieht man in der Ferne eine große Wiese, die rechts und links mit dunkel grünen Tannen geschmückt ist.

Es sieht so wunderschön aus, dass ich den unbeschreiblichen Drang dazu habe, dort hin zu gehen.

Also kurzgesagt weiß ich sozusagen schon wohin ich meinen ersten Spaziergang in dieser Gegend mache.

Genauso wie ich weiß, dass sich speziell in dieser Ecke ein Schreibtisch gut machen wird.

Kapitel 4 - Der Spaziergang

Um den restlichen Tag nicht zu verschwenden, habe ich mich dazu entschlossen einen Spaziergang zu machen. Immerhin ist draußen schönes Wetter und wer weiß ob das meine letzte Gelegenheit dazu ist.

Denn in den kommenden Tagen werden alle Kartons auspacken und das Haus sozusagen neu einrichten. Das man dies nicht einfach aufschieben kann, dass muss ich hoffentlich nicht betonen. Genauso wie ich hoffentlich nicht betonen muss, dass ich in ungefähr zwei Wochen, in der neuen Schule antreten werde. Immerhin habe ich mir vorgenommen dass ich meinen Abschluss schaffe, egal wie viele höhen und tiefen auf mich zusteuern. Denn wer großes schaffen möchte, der muss auch dafür kämpfen. Mit allen Mitteln dafür kämpfen nicht unterzugehen.

Nebenbei muss ich aber auch gestehen, dass sich der Drang zu diesem erblickten Ort hinzugehen, immer stärker wird.

Aus diesem Grund nehme ich mir vorsichtshalber meinen schwarzen und leicht anschaubaren satanischen Rucksack mit und packe zusätzlich etwas zu trinken, einen Fotoapparat, mein Tagebuch, sowie drei Kugelschreiber und meinen iPod mit kabellosen Kopfhörern ein.

Schon merkwürdig das ich höchstwahrscheinlich eine der Personen bin, die immer ihr eigenes Tagebuch dabeihaben und das egal wohin Sie gehen.
Auch wenn es bei mir etwas anders ist und das muss ich einfach sagen, ohne mich dabei aufspielen zu wollen.
Immerhin kann ich mir nicht verkneifen zu sagen, dass es mir nichts ausmachen würde, wenn eine fremde Person, meine niedergeschriebenen Sätze ließt.
Immerhin ist es für mich eher wie ein offenes Buch meines eigenen Lebens.
Doch bevor ich wiederholt in meiner scheinbar kleinen Gedankenwelt versinke, gebe ich meinen Eltern bescheid, dass ich einen Spaziergang mache und wende mich anschließend zur Haustür.

Meiner Meinung nach, beginnt jetzt gerade, in diesem Moment, einer der schönsten Spaziergänge.
Denn in meinen Ohren erklingt die Musik, die mein Herz zum beben bringt und meine Gedanken lahmlegt.
Sowie auch die grelle Sonne meinen Körper bestrahlt und mir somit ein Stückchen Wärme schenkt.

Das einzige welches ich als sogenanntes Problem ansehen würde, ist der Fakt, dass man mit Musik in den Ohren, Wege geht, die man lieber nicht gehen sollte.
Dies sage ich jetzt jedoch nur, weil ich es mehr oder weniger gerade mache.
Denn anstatt auf den Fußweg zu bleiben, habe
ich mich aus reiner Laune für Schleichwege entschieden.
Das dies eine leicht blöde Idee von mir war,
beziehungsweise eine sehr unüberlegte Entscheidung, kann ich nicht beschreiten.
Immerhin würde jetzt der Satz "ich glaube, ich habe mich verlaufen" perfekt passen.
Auch wenn er um ehrlich zu sein nicht zu hundert Prozent stimmt, immerhin bin ich an meinem Ziel angekommen.
Mit dem einzigem unterschied, dass ich nicht mehr weiß aus welcher Richtung ich kam.

Dennoch ist mir durchaus bewusst, dass sich der ein oder andere die Frage stellen könnte, warum ich nicht wie jeder normale Mensch meinen iPod nehme und damit versuche meine Eltern zu erreichen.
Immerhin wäre mir diese Option auch als erstes im Sinne gekommen, wenn ich nicht bereits wüsste das es nie und nimmer klappen wird.

Warum ich jedoch niemanden anrufen kann, ist nicht weil ich die Nummer von meinen vergessen habe oder so. Es ist eher so, dass mein iPod wortwörtlich nur für Musik ist. Und weil mein iPod nebenbei gesagt nicht gerade das neueste Modell ist, kann man weder weiteres herunterladen, noch kann man Anrufe tätigen.

Also ja, ich hätte lieber auf Nummer sicher gehen sollen, ob sich mein Handy auch wirklich in meiner Tasche befindet.

Doch weil ich es nicht tat, muss ich jetzt alleine einen anderen Weg finden. Einen Weg aus dem sogenannten Schlamassel, den ich mir selbst zugefügt habe.

Und auch wenn ich momentan in der Gewissheit lebe, dass ich mich wortwörtlich verlaufen habe. So darf ich mich auf keinen Fall aufregen oder panisch werden.

Denn wenn man in Panik zerfällt,

dann ist alles vorbei, dann bekommt man

nichts mehr hin.

Aus diesem Grund, werde ich später nach dem richtigen Weg suchen.

Dementsprechend setze ich mich in das kurz geschnittene Gras, krame meine Limo heraus und genieße ein wenig das schöne Wetter.

Nebenbei lausche ich in Dauerschleife dem Lied

Vagabond und verbinde mich beim hinlegen mit der Natur. Jetzt scheint alles weitere um mich stumm zu sein. Denn das einzige was ich wahrnehme, ist die zauberhafte Musik, die meinen Körper vollends durchdringt und die Natur die sich mit mir vereint. Sowie ich auch den wunderschönen hellen Himmel betrachte, an dem sich hin und wieder kleine Wolken blicken lassen. Wolken die mit purer Fantasie zum Leben erwachen, die zu eigenen Kreaturen werden und umher treiben. Die meines Erachtens auf uns niederschauen. Doch auch wenn ich so zu sagen von den Wolken beobachtet werde, so liege auf dem trocken Gras und schließe in Verbundenheit mit der Natur meine Augen.

Kapitel 5 - Der Schneesturm

Während ich mitten im nirgendwo auf einer Wiese liege, merke ich wie meine Gedanken in eine andere Welt eintauchen.

Doch ich bevor ich vollständig in dieser sogenannten anderen Welt eintauche, öffne ich ruckartig meine Augen. Meine Augen öffnen sich ohne jegliche Kontrolle darüber zu haben. Als würde mein Körper erschrecken, beziehungsweise meine Augen öffnen lassen, weil mein Gesicht etwas nasses verspürt. Etwas nasses das vom Himmel auf mich herab fällt.

Das es sich hierbei nicht um Vogelscheiße oder Regentropfen handelt, habe ich erst nach einigen Minuten erkannt. Ich habe erst nach einigen Minuten erkannt das der Himmel, beziehungsweise die wandernden Wolken nicht weinen, sondern Geschichten erzählen.

Damit meine ich, dass genau in diesem Moment, die schönsten Schneeflocken die ich je gesehen habe, vom Himmel fallen.

Aus diesem Grund erhebe ich mich von meiner Liegeposition, breite meine Arme zur Seite und blicke nach oben. Ich blicke zum Himmel und genieße die Schönheit der weiten Welt.

Doch auch wenn dieses Wetter meiner Meinung nach eine befreiende Wirkung hat, so sollte ich mich dennoch langsam auf den Weg nach Hause machen.

Das es hierbei aber bei einem sollte bleibt, muss ich wohl oder übel genauer ausformulieren.

Denn um mich herum breitet sich ein dichter Nebel aus. Ein Nebel der meine Sicht so stark eingrenzt, dass ich absolut nichts mehr erkennen kann. Noch nicht einmal die großen Tannen, die diese Wiese schmücken.

Dabei nicht in Panik zu verfallen, fällt mir ehrlich gesagt sehr schwer.

Aus diesem Grund versuche ich meine Atmung herabzusetzen, vor allem weil ich gleichzeitig meine Musik ausschalte und meine Kopfhörer, sowie auch meine Limonade in den Rucksack packe.

Vermutlich aber auch, weil ich zu den tollen Entschluss gekommen bin, dass hier sitzen zu bleiben und darauf zu warten bis der Schneesturm sich legt, keine Weise Entscheidung von mir wäre. Deshalb versuche ich in den hohen Schnee, der mir nebenbei gemerkt, mittlerweile bis zu den Waden geht, Vorwärts zu kommen.

Die Zeit scheint wie im Flug zu vergehen und das so

schnell, dass mir höchstwahrscheinlich keiner glauben wird.

Erst recht nicht, wenn ich sage das es den Schein erweckt als wenn der Sturm von Minute zu Minute schlimmer wird.

Genauso wie ich gestehen muss, dass mittlerweile auch der dichte Nebel noch immer um mich kreist. Ein Nebel der mir jede Sicht auf ein sogenanntes entkommen verwehrt. Aus diesem Grund ist schwer zu sagen, wie weit ich schon vorangekommen bin.

Doch weil mein Körper sich dagegen strebt weiter zu gehen und dementsprechend nach einer Pause schreit, vermute ich das schon ein ganzes Stückchen hinter mir liegen muss.

Nebenbei muss ich aber auch gestehen, dass mein Körper langsam anfängt zu zittern und meine Finger immer blasser werden.

- Also kurz gesagt, es ist Arsch kalt geworden. -

Das man aus diesem Grund nicht unbedingt eine Pause machen möchte, sollte wohl klar sein.

Doch wenn der eigene Körper nahezu danach schreit, so ist es verdammt schwierig dagegen anzukämpfen.

Und müsste ich beschreiben wie es sich anfühlt, dann würde ich sagen das es vergleichbar mit einem Brand auf der eigenen Haut wäre. Auch wenn ich noch nie wortwörtlich in Flammen stand, so kann ich es mir dennoch irgendwie ausmalen.

Immerhin ist es ein unbeschreiblich schmerzhaftes Gefühl.

Ein Gefühl das meine Seele zum schreien bringt und mich nahezu zum verzweifeln zwingt. Eine Verzweiflung die ich nur dank meiner Sichtung abschütteln kann.

Denn zwischen all' dem ganzen Nebel, kann ich plötzlich direkt vor mir eine Person erkennen.

Das sich dabei meine ersten Gedanke zu einer Art Hoffnungsschimmer verformen, hätte ich nie gedacht.

Immerhin könnte man auch meinen, dass mein Gehirn, meine Augen das sehen lassen, welches mir aus tiefsten Herzen erträume.

Also kurzgesagt, dass mein eigener Körper mich mit einer Halluzination täuscht.

Auch wenn dieser Gedankengang ehrlich gesagt schon meilenweit entfernt ist, so tut mein Körper gerade in diesem Moment, genau dass was er tun muss. Er läuft rufend der gesichteten Person im Nebel hinterher.

Und bevor ich meine Sichtung leider außer Augen verlor, erblickte ich wortwörtlich die Schönheit in Person.

Denn es war nicht nur irgendjemand, sondern ein junges Mädchen mit langen braunen Haaren, in einer rosafarbenen Winterjacke.

Das Mädchen, welches ich sah und mich zum stoppen brachte, müsste ungefähr in meinem Alter sein...

Doch bevor ich weiter in meiner scheinbar kleinen Gedankenwelt versinke, versuche ich mich mit allen Mitteln wach zu halten.

So beiße ich mir aus Reflex in meinem rechten Arm und versuche mit Atemübungen meine Konzentration auf die Geräusche, die um mich schwingen, zu fokussieren.

Das mir dies tatsächlich gelingt, ist nebenbei gesagt, auch ziemlich unerwartet.

Aber wer weiß, vielleicht stimmt es ja doch.

Also das sich unser Verhalten in allen Richtungen verändern kann, wenn man sich wie ich in einer Notsituation befindet.

Nur traurig das man diese Dinge erst einen Glauben schenken mag, wenn man mitten im Geschehen ist.

Doch wenn schon einmal der festgestellte Gedanke da ist, so kann man ebenso mit voller Gewissheit sagen, dass sich niemand ausmalen kann, wie er sich in einer Notsituation verhalten wird. Denn wenn es wirklich so weit ist, dann schaltet entweder das Gehirn vollständig ab oder schaltet sozusagen auf Autopilot.

Zumindest würde dies meine jetzige Lage genau widerspiegeln oder sogar erklären können.

Aber weil ich nicht auf Ewigkeit in meiner scheinbar kleinen Gedankenwelt versinken sollte, trifft es sich ganz gut, dass mich mein Körper durch ein zusammenzucken darauf aufmerksam macht,
dass der Schnee in meiner Umgebung knirscht.
Aus diesem Grund blicke ich voller Hoffnung in jede Richtung des noch immer vorhandenen dichten Nebel, doch selbst die Tätigkeit sich um die eigene Achse zu drehen, ergibt sich mehr oder weniger als Niederlage.
Denn das einzige was sich im dichten Nebel abspielt, ist ein plötzlich schmerzhafter Schlag auf meinem Hinterkopf.
Das mir dabei der Körper wegsackt und letztendlich von dem hohen dicken Schnee, beim fall gepolstert wird, bekomme ich ehrlich gesagt nur teilweise mit. Immerhin entzieht sich auch mein Augenlicht immer mehr.
Das einzige welches ich kurz vor der Dunkelheit erblicke, sind dunkelbraune Männer - Boots und ein mittel großer Blutfleck vor mir. Ein Blutfleck der vermutlich durch den Schlag verursacht wurde.

Kapitel 6 - Der geistliche Kampf

Dass ich derzeitig dabei bin immer mehr Sprichwörter der Wahrheit ein zu ordnen, klingt irgendwie klischeehaft. Ich meine eigentlich sollte mein Tagebuch den Sinn haben, dass ich der Welt etwas anderes hinterlassen kann, als nur die Erinnerungen von Außenstehenden.

Das dies wahrscheinlich sehr merkwürdig klingt, dessen bin ich mir durchaus bewusst. Doch genauso ist es. Immerhin ich möchte nicht, dass das Leben welches ich führe und von wo ich stamme in Vergessenheit gerät. Nein, irgendwie möchte ich es stattdessen mit der Welt teilen.

Aber um darauf zurückzukommen, welches Sprichwort, beziehungsweise welchen Mythos ich jetzt ebenfalls der Wahrheit einordnen kann, so muss man sozusagen an etwas zwischen Raum und Zeit glauben. Oder zumindest dafür offen sein, denn ansonsten wird man wahrscheinlich meine nächsten Sätze nicht begreifen können.

„Im laufe der Zeit wurde immer mehr über den geistlichen Zustand von Komapatienten, sowie auch im Anblick des Todes spekuliert.

Solange bis man zu dem Punkt angekommen ist, dass der Wiedereinstieg in das Leben nicht nur von den Erstehilfe- Maßnahmen abhängt. Sondern auch von dem geistlichen Kampf unseres selbst.

Denn wenn man sozusagen selbstständig aufgibt, so ist die Rückkehr genauso verwehrt,
wie ohne Erstehilfe-Maßnahmen.

Also kurz gesagt, muss nicht nur der Körper erhalten werden, sondern auch die eigene Seele muss den Weg zurück aus der sogenannten Dunkelheit finden."

Wie bereits gesagt, muss man offen dafür sein. Denn ansonsten macht weder der aufgedeckter Mythos, noch meine derzeitige Lage Sinn.

Zumal ich befürchte, dass auch ich mich zwischen Raum und Zeit befinde.

Das ich derzeitig an einem anderen Ort bin, an einem Ort wo niemand mich finden kann. An einem Ort den man tatsächlich als die Dunkelheit beschreiben kann.

Denn das einzige was hier aufleuchtet, ist eine kleine hängende und grelle Glühbirne mitten im Nichts.

Doch welches ich zu dieser sogenannten Dunkelheit

hinzufügen muss, ist um ehrlich zu sein ein merkwürdiges Gefühl. Ein Gefühl das in mir schlummert und sich wie ein Brand auf meinem ganzen Körper ausbreitet. Ein Gefühl das sozusagen meine Sinne betäuben lässt und mich Stück für Stück einengt. Deshalb ist der Vergleich, mit einer Situation kurz vor dem ertrinken zu sein, unvorstellbar.

Doch aus unerklärlichen Gründen fühlt sich beinahe so an. Es fühlt sich sogar fast so an, als wenn dieser Vergleich mir bereits bekannt ist. Als wenn ich in meiner Vergangenheit fast ertrunken wäre.

Aber da unser Gedächtnis nicht immer eine zuverlässige Quelle ist, kann ich nicht genau zu ordnen ob es sich hierbei tatsächlich um ein Erinnerungsstück oder um eine art Fantasiegedanke handelt.

Doch bevor ich weitere Gedanken schweifen lassen kann, verformt sich die Dunkelheit zu einzelnen Pixeln und lässt das Licht erscheinen.

Kapitel 7 - Willkommen zurück

Meine sogenannte Wiederkehr in den eigenen Körper kann man nicht wirklich wie ein aufwachen beschreiben. Denn anstatt das man aus den Weiten seiner Traumwelt hinaus in die Realität geschmissen wird, ist es eher so, dass für einige Minuten die Orientierung aussetzt. Und meiner Meinung nach, ist dies ziemlich erschreckend. Immerhin stellt man sich automatisch die Frage ob das hier wirklich Realität ist.

Doch sobald man den eigenen Orientierungssinn wiederbekommt, verschwindet Blitzartig der fragende Gedankengang. Und es macht den Schein, als wäre er nie da gewesen. Als wenn man im Halbschlaf nur über einen leicht bizarren Traum nachgedacht hat.
Natürlich könnte der ein oder andere meinen, dass es genau dies ist. Immerhin heißt es laut unserer Gesellschaft das man in der Materie zwischen Raum und Zeit, der ewigen Dunkelheit, nichts verfassen kann. Doch offen und ehrlich gesagt, muss ich gestehen das ich seit dem heutigen Tag nicht mehr daran glaube.
Nein, stattdessen bin ich der festen Überzeugung davon, dass unsere Gesellschaft noch immer viel vor uns verschweigt.

Genau aus diesem Grund würde ich allen wünschen,
dass sie dort
auf wachsen wo ich aufgewachsen bin.
Nur um zu verstehen, das lügen niemals eine Lösung ist.
Das Lügen vergleichbar mit Waffen sind, Waffen die die
Menschheit zum verzweifeln bringen können. Denn sie
machen alles nur noch schlimmer und wenn man einmal
lügt, dann verstrickt man sich häufig so sehr darin, dass
man nicht mehr damit aufhören kann.

Doch letztendlich ist es nur meine Meinung und diese
kann nicht jeder vertreten.
Versteht mich bitte nicht falsch, ich finde es sogar gut
dass jeder seine eigene Meinung hat und sich so
vollständig als Einzigartig akzeptieren kann.
Doch leider tun dies die wenigen. Denn Akzeptanz ist in
unserer Welt schwieriger als man zunächst glaubt.
Doch ich schweife ab...

Vermutlich schweife ich aber auch nur vom Thema ab,
weil die Schmerzen so unerträglich groß sind, dass ich
lieber in meinen Gedanken versinke. Als den Gedanken
war zu haben, dass ich entführt wurde.
Und nebenbei noch immer an dem Bett in dem ich
derzeitig liege angekettet bin.

Auch wenn ich mich frage, auf welchen Gedanken man kommen muss, eine geschwächte Personen an zu ketten, die sowieso nicht
abhauen könnte. Oder es zumindest nicht einmal bis zur Tür schaffen würde.
So wäre dabei vermutlich die einzige sinnvolle Lösung, dass der Täter nicht genau wusste wie sehr er zugeschlagen oder besser gesagt ausgeholt hat.
Denn obwohl er mich an einen Tropf, der vermutlich mit Nacl. Lösung gefüllt ist, angeschlossen und meinen Kopf bandagiert hat. Tut es dennoch höllisch weh.
Es ist ein wenig so, als hätte man in der Nacht zuvor ein paar Gläser zu viel getrunken und wäre anschließend auch noch gestürzt. Doch statt in einem Krankenhaus aufzuwachen, liegt man fern ab von allem was man kennt.

So habe ich mir meinen Neustart ehrlich gesagt nicht vorgestellt. Immerhin kommt es mir so vor, als wenn mein Dörfchen leise nach mir ruft und dementsprechend all diese Dinge geschehen lässt.
Auch wenn man meinen könnte, dass sich absolut niemand so seinen Neustart vorstellen würde.
So kann ich dies dennoch nicht bestreiten.
Immerhin ist es Fakt, wenn ich sage das jeder Ort ein

dunkles Geheimnis mit sich führt. Ein Geheimnis auf das nicht jeder Zugang hat. Weil sozusagen nur die dunkle Magie einen zum Sehen umgeben muss.
Eine Magie die man selbstverständlich nicht mitbekommt. Zumindest nicht, wenn Sie um einen selbst kreist.
Dabei möchte ich mich jetzt aber auf keinen Fall aufspielen und behaupten das die sogenannte dunkle Magie mich zum Sehen gebracht hat.
Ich möchte es nur erwähnt haben.

Doch immer noch könnten die einen oder anderen wieder mal meinen, dass meine Fantasie mit mir durchgeht. Immerhin hat man noch nie einen Beweis dafür bekommen, das dunkle Magie wirklich existiert.
Doch wie schon bereits gesagt, würde man sie nicht einmal mit kriegen, wenn sie tatsächlich um einen kreist.
Zudem vermute ich aber auch, dass man sie noch nicht einmal mitbekommt, wenn sie um andere kreist.
Immerhin ist nicht jeder der ein schlechtes Verhalten aufzeigt, gleich von einer dunklen Magie umgeben.
Manchmal handelt es sich auf gut Deutsch gesagt, nur um Arschlöcher.
Aber um herauszufinden in wie fern sich die beiden unterscheiden, so fehlt mir das Wissen

und die Erfahrung dazu.

Aus diesem Grund werde ich auch nicht genauer darauf eingehen. Immerhin ist das Ziel warum ich dies angeschnitten habe, wie bereits gesagt, um zu zeigen dass die Welt immer einen Schein mit sich bringt.

Deswegen versuche ich den noch immer vorhandenen Schmerz an mich ran zu lassen, um so endlich aus den weiten meiner Gedankenwelt zu entkommen.

Aber auch um nicht zu vergessen warum ich überhaupt damit angefangen habe Tagebuch zu schreiben.

Immerhin habe ich eine Geschichte zu erzählen!

Doch um ehrlich zu sein, auch weil es eine beruhigende Art auf mich hat, eine Art die meine Verzweiflung vorbeugt und mich dementsprechend zu einem wagemutigen Verhalten anregt.

Ob dies jetzt etwas gutes oder schlechtes mit sich zieht, kann ich um genau zu sein nicht sagen. Aber letztendlich ist es mir auch egal, denn so lange ich an meiner jetzigen Situation nicht zerbreche, so soll es mir ganz recht sein. Immerhin kann ich so klare Entscheidungen treffen.

Wie die Entscheidung, nicht gleich meine noch vorhandene Kraft damit zu verschwenden, hilflose Versuche einzuleiten um mich von meinen Fesseln zu lösen.

Stattdessen vertiefe ich mich in meine Schmerzen und analysiere so meine Umgebung.

Meine Umgebung besteht, beziehungsweise ist erschreckender Weise ein kleiner und leicht kalter Raum.

Das einzige was man hier erblicken kann, sind mehrere Decken die sich auf mir, sowie auf einem Holzstuhl neben mir stapeln.

Doch auch der Tropf an dem ich angeschlossen bin, so wie eine mir gegenüber stehende kleine Lampe.

Deren Birne so schwach Licht ausstrahlt, dass man meinen könnte,

sie wäre ausgeschaltet. - Sind gut zu erkennen.

Alles weitere scheint fern ab von dem Lichtstrahlen der geschwächten Glühbirne zu liegen.

Zu meinem Glück muss ich aber auch sagen, dass der Türspalt von unten gesehen, auch etwas Licht spendet.

Das dies jedoch bedeutet, dass mein Täter derzeitig im Haus ist, beunruhigt mich ehrlich gesagt schon ein wenig. Immerhin bildet sich automatisch ein leichter Angst Zustand in mir. Ein Zustand den ich nicht all' zu sehr an mich ran lassen darf.

Denn wenn ich das tue, dann werde ich höchstwahrscheinlich in der Verzweiflung ertrinken und anschließend zur Panik kehren.

Wenn man mich fragt, dann ist alles zum Scheitern veranlagt wenn man panisch reagiert, denn dann kriegt man nichts mehr auf die Reihe. Man ist sozusagen gefangen in seiner eigener Angst und dort wieder herauszufinden, scheint mir Verdammt
schwierig zu sein.
Aus diesem Grund darf ich auf gar keinen Fall die Angst zu sehr an mich ran lassen, auch wenn es mich auf irgendeine Weise zerreißt.

Es ist vermutlich genauso schwer, wie zeitnah den eigenen Überlebensinstinkt auszuschalten.
Beziehungsweise dafür zu sorgen, dass man ihn nicht gleich für die erste Gelegenheit nutzt, um zu fliehen.
Immerhin muss man erst einmal herausfinden, wie man am besten fliehen kann und wo man herausfindet.
Ansonsten ist alles zum Scheitern veranlagt und das Risiko auf eine neue Flucht wird höchstwahrscheinlich für immer verwehrt sein.
Das ich mir dieses Wissen durch Serien und Filme angeeignet habe, wird mir vermutlich nicht wirklich einer glauben. Doch so ist es.

„Viele Leute die in diesen Filmen oder Serien nicht nachgedacht und so auf ihren Überlebensinstinkt gehört haben, sind letztendlich gescheitert. Sie sind gescheitert, weil sie nicht auf den richtigen Moment gewartet haben."

Und das ich verhindern möchte, dass ich mehrere Jahre hier verbleibe, dass sollte wohl klar sein.

Kapitel 8 - Von Auge zu Auge, ist besser als Auge um Auge

In meinen zwängenden Versuchen den eigenen Überlebensinstinkt wie einen Lichtschalter auszuschalten, nehmen meine Ohren ein quietschendes Geräusch wahr. Ein Geräusch das mir durch eine leichte rechts Neigung, meines Kopfes, zeigt das sich die Tür öffnet. Die Tür öffnet sich und ein großer Mann, den man als klassischen Holzfäller beschreiben kann, beschreitet das Zimmer.

Doch anstatt gleich auf mich zu zukommen, dreht er mir den Rücken zu und betätigt den Lichtschalter neben der Tür.

Genau in diesem Moment, können sich leider keine Wörter von meinen Lippen lösen. Denn um ehrlich zu sein, kommen die Gefühle, die ich zuvor mit aller Mühe versucht habe zu kontrollieren, wie ein unsichtbarer Sturm auf mich zurück.

Und dies so sehr das meine Körperhaare sich automatisch aufstellen und mein Körper sich in eine Art Schockzustand verlagert. Das einzige was noch funktioniert, ist meine Wahrnehmung. Deshalb kann ich auch hundertprozentig sagen, das der Mann, der mir mit jedem Schritt näher kommt, mein Täter ist.

Denn überraschender Weise hat meine Wahrnehmung kurz vor dem
mir verpassten Schlag einen sonderbaren Geruch wahrgenommen, einen Geruch den ich genau in diesem Moment wieder erkenne.
Doch nicht nur wegen dem Geruch, der sich auf einmal tief in mein Gehirn einbohrt, bin ich zu dem Punkt gelangt, dass dies tatsächlich mein Täter ist.
Nein, dies wäre schon ziemlich verrückt.
Immerhin trägt auch dieser Mann, die gleichen dunkelbraunen Boots wie die, die ich erblickte kurz bevor ich das Bewusstsein verlor.

Kaum zu glauben, als ich den Mann richtig zugeordnet habe, sitzt er neben mir. Er sitzt auf dem Stuhl, auf dem vorher noch die Decken gestapelt waren.
Es kommt mir beinahe so vor als wäre ich schon wieder in meinen Gedanken versunken und hätte seine letzten Schritte nicht mitbekommen.
Deshalb kann ich vermutlich auch mit Erleichterung sagen, dass mein sogenannter Täter nur versucht mit mir zu reden. Auch wenn es mir leicht merkwürdig erklingt, so muss ich dennoch Ruhe bewahren und ihn reden lassen. Immerhin kenne ich meinen so genannten Täter nicht und weiß auch dementsprechend nicht wozu

er noch in der Lage ist.

Ich kann mir also nicht erlauben im Unwissen zu handeln oder sogar den Anschein erwecken lassen, dass ich nicht kooperiere.

Denn wenn ich das tue, dann werde ich höchstwahrscheinlich nie wieder von hier entfliehen.

Dann werde ich für immer hierbleiben müssen oder zumindest bis er mich freiwillig gehen lässt.

Doch um ehrlich zu sein habe ich nicht so viel Zeit und Lust darauf.

Aus diesem Grund muss ich zuerst Ruhe bewahren, Innehalten und erst dann kann ich zuschlagen.

Auch wenn ich mir dabei wie ein Psychopath vorkomme, so geht es letztendlich nicht anders.

Doch vermutlich kommt es mir nur so vor, weil ich mich merkwürdigerweise in dieser Situation an meine Vergangenheit erinnere.

Ich erinnere mich so gut daran, dass ich fast schwören würde, dass wir gestern darüber geredet haben.

Aber natürlich haben wir dies nicht, immerhin habe ich sozusagen Schulferien und war dementsprechend am gestrigen Tag nicht in der Schule.

Doch worauf ich eigentlich hinaus möchte, ist der Gedankengang mit dem wir uns im Geschichtsunterricht befasst haben. Denn unsere Klasse hat sich damit befasst, welches Denkvermögen man anwenden sollte, wenn man denkt das man von einen der Mörder umkreist wird.

Im Endeffekt meinten viele meiner Klassenkameraden das man denken sollte wie ein Polizist.

Doch welche Aussagen noch dahinter standen, daran erinnere ich mich komischerweise nicht mehr so genau.

Das einzige woran ich mich noch erinnere, ist das welches die wenigen aussprachen. Denn die wenigen von meiner Klasse meinten, dass es letztendlich darauf ankommt und man zu diesem Zeitpunkt nicht genau sagen kann was am besten ist.

Doch wenn man sich entscheiden müsste, welches Denkvermögen besser ist, dann ist es das des Psychopathen. Denn der Psychopath, schafft es in den meisten Fällen immer zu überleben und Allen zu entkommen.

Also ist es sozusagen entweder das Vertrauen in dem Wissen welches nur wenigen teilen oder meine eigene Ansichtsweise, die sich genau in diesem Zeitpunkt gebildet hat.

Doch letztendlich ist es egal welches von beiden auf mein Gemütszustand zutrifft, denn das einzige was gerade zählt, ist das ich irgendwie vertrauen vortäuschen muss. Ein so gutes Vertrauensverhältnis das es mir für's erste gelingt den Täter dazu zu bringen, mich von meinen Ketten zu befreien. Alles weitere gelingt nur durch ein verstärkteres Vertrauensverhältnis.

Denn wie sagt man so schön, sobald das Vertrauen da ist, sind die Menschen leicht gläubig.

Irgendwie merkwürdig, dass gerade ich diejenige bin die dies von sich gibt. Immerhin müsste ich besser als jeder andere wissen, dass eine Lüge den Tod mit sich zieht. Doch in dieser Situation kann ich nicht anders! Auch wenn die wenigen von zu Hause es verstehen werden...

So darf ich in dieser Situation auf gar keinen Fall meine Fassung verlieren und dementsprechend an das festhalten, welches mir so Mühevoll seit meiner Kindheit beigebracht wurde. Denn wenn ich dies tue werde ich höchstwahrscheinlich für immer gefangen sein.

Das uns dies die Schule niemals beigebracht hat, kann ich ihn noch nicht einmal übel nehmen. Immerhin würde doch keiner darauf kommen, dass man sich eines Tages in so einer Lage befinden wird.

„Und dennoch stellt sich in mir die Frage, wieso ich ausgerechnet gerade jetzt daran denken muss."
Vermutlich ist die Antwort darauf aber
auch ganz simple.
Immerhin trägt der Mann, den ich als meinen sogenannten Täter identifiziert habe, den gleichen Namen, wie den aus unserem Beispiel,
für den Mörder der betrügerischen Kunst.
Also kurz gesagt, hat der Mann, der sich noch immer sitzend neben mir befindet, sich als George vorgestellt.
Dass er sich nur so vorgestellt hat, hat für mich eine ganz besondere Bedeutung. Eine Bedeutung die ich nur so erklären kann, dass ich nicht weiß ob dies auch wirklich sein wahrer Name ist.
Immerhin tun Menschen oftmals Dinge die sie im Nachhinein bereuen und das man dann den richtigen Namen nicht preisgeben möchte, ist für mich selbstverständlich. - Zumindest bei dieser Situation.
Wenn man jedoch davon absieht, ob dieser Mann wirklich den Namen George trägt, so werde ich ihn im

laufe der Zeit, genauso benennen.

Zumal es sich besser anhört, als wenn ich ihn nur bei dem Mann oder als mein so genannter Täter bezeichne. Doch auch wenn viele seiner Sätze auf mich wie einen rasanten Lügner wirken, so ist eines schon etwas seltsam. Denn die ehrlichsten Wörter die sich in meinen Ohren widerspiegeln, sind die, das George es für mich tat und er mich nur beschützen möchte.

Kapitel 9 - Auf ein gebrochenes Vertrauensverhältnis

In dieser Welt haben bedeutungsvolle Wörter schon längst ihre Kraft und somit auch ihren Sinn verloren.
Denn welches wir Menschen am meisten brauchen, ist für einige schon lange nur noch ein Wort.
Dies kann man dann an ihren Taten absehen.
Als Beispiel macht es sich am besten, wenn man es auf das so genannte Vertrauensverhältnis widerspiegelt.
Denn wie vermutlich schon alle erfahren haben, gibt es Leute die dies nur vortäuschen und somit anderen das Herz brechen.
Dabei bricht es so sehr, dass man oftmals nicht mehr weiß wem man noch vertrauen kann und ob es überhaupt noch einen Wert hat, nicht alleine sein zu wollen.

Das ich jeden dabei umbedingt ans Herz legen möchte, dass eines Tages die Menschen kommen, die sowohl vertrauen geben als auch mit vertrauen umgehen können, es wert sind noch daran zu glauben.
Werden vermutlich nur die wenigen als Wahrheit ansehen. Denn manchmal ist das Herz so kaputt, dass man Angst um die eigene Seele hat.

Aus diesem Grund muss auch ich gestehen, dass es mir einst auch so erging. Doch ich nahm meinen ganzen Mut zusammen und legte sozusagen mein Herz offen nieder.

Auch wenn ich zudem sagen muss, dass es viel Zeit und viel Kraft benötigt. Immerhin entsteht eine Vertrauensbasis nicht von heute auf morgen.

Das ich dies vorab niederschreiben musste, hat den Grund, dass es merkwürdiger Weise auf einer höheren Ebene in meinem Herzen schmerzt, wenn ich lüge.

Doch wie bereits gesagt, denke ich nicht dass ich irgendeine andere Wahl habe.

Deswegen habe ich in den vergangenen Tagen, ein so gutes Vertrauensverhältnis aufgebaut, welches mir erlaubt frei und alleine durch das Haus zu spazieren. Doch natürlich ist das Vertrauensverhältnis noch nicht ganz zu hundert Prozent abgeschlossen, denn noch immer sind einige Türen verschlossen.

- So wie auch die Haustür.

Doch abgesehen davon das meine geschmiedeten Pläne sehr gut verlaufen, beunruhigt mich jeden Tag aufs Neue, die Sicht aus dem Fenster.

Denn draußen ist kaum etwas zu sehen.

Damit möchte ich sagen, dass die Fenster beschlagen von dem Nebel sind, der noch immer draußen die Welt bedeckt. Genauso wie es den Schein erweckt, dass es über die vergangenen Tage nicht aufgehört hat, zu schneien.

Aber auch wenn das Wetter draußen katastrophal ist, so darf ich mir auf gar keinen Fall einreden, dass George mit seinen Wörtern recht hat.

Denn auch wenn er sich in den vergangenen Tagen verdammt gut um mich gekümmert hat, so muss ich dennoch an das gesichtete Mädchen denken. An das Mädchen, welches sich vermutlich genauso wie ich im Schneesturm verlief.

Also muss ich egal was passiert an meinem Plan unbedingt festhalten.

Denn merkwürdigerweise fühle ich mich hier geborgen, ich fühle mich hier so sehr geborgen, dass ich befürchte meinen Plan bald nicht mehr durchführen zu können.

Deshalb muss ich meinen über Tage hin durchgeführten Plan kippen und morgen von hier entfliehen.

Denn morgen soll ich gemeinsam mit Goerge nach seiner Frau suchen.

Laut Goerge habe er nämlich in dem Sturm nach seiner Frau gesucht und stattdessen mich gefunden.

Doch auch wenn dies stimmen mag, so bezweifle ich das seine Frau besser mit ihm dran ist.

Zumal dieser Mann nicht einfach nach ihr gesucht hat, sondern an diesem Tag auch einen geschmiedeten Hammer aus Eisen und Holz, bei sich trug.

Und nebenbei gesagt, wenn er mir das alles ohne ein Funken selbstzweifel antun kann, dann möchte ich gar nicht erst wissen was er mit seiner Frau anstellt.

- Außerdem kann ich nach meiner erfolgreichen Flucht immer noch um Hilfe für diese sonderbare Frau suchen.-

Denn auch wenn ich nicht weiß ob sie wirklich existiert oder ob George mich mit dieser sogenannten Fantasie Geschichte am morgigen Tag umbringen möchte, so ist es dennoch nicht ausgeschlossen.

Auch wenn umehrlich zu sein, beides nicht ausgeschlossen ist.

Um meinen Körper die nötige Ausdauer für den morgigen Tag zu verleihen, wäre es vermutlich das beste wenn ich mich jetzt schlafen lege.

Kapitel 10 - Der Ausbruch

In der vergangenen Nacht konnte ich komischerweise guten Gewissens einschlafen, doch zu sagen das ich gut geschlafen habe, wäre dann doch zu viel des guten. Denn in der Nacht färbten meine Gedanken auf meine Träume ab und das so sehr, dass ich dutzende Male daran erinnert wurde, dass ich nur diesen einen Versuch habe. Denn wenn es nicht klappt, dann werde höchstwahrscheinlich keine einzige Seele mehr retten können. Immerhin werde ich dann zum letzten Mal niedergeschlagen.

Was ich jedoch damit sagen möchte, ist das wenn mein sogenannter Ausbruch misslingt, ich sterben werde.

Das ich dabei nicht nur an dieses scheinbar mysteriöse Mädchen, sondern auch an meine Eltern denke, ist meiner Meinung nach nichts ungewöhnliches. Immerhin kann ich nicht zu lassen das meine Eltern sich nach meinem verschwinden trennen und eventuell niemals die Gewissheit bekommen, die sie verdienen. Zumal ich mir durchaus vorstellen kann, wie es ist in Ungewissheit zu leben.

Doch um dies zu verstehen, so muss ich wohl oder übel sagen dass ich damals eine beste Freundin hatte, die sich aufgrund des Todes ihres kleinen Bruders das Leben nahm.
Zu dieser Zeit schien es fast so als würden sich die grauen Weiten am Himmel nie mehr verziehen. Doch leider verschwand auch ihre Mutter, wie die Familie von Josie, spurlos.

Aus diesem Grund darf ich auf gar keinen Fall zulassen das ich ebenfalls diese Welt verlasse.
Verdammt, was rede ich denn da.
Ich werde das auf jeden Fall schaffen!

Also balle ich meine Hände zusammen, ziehe mir die Klamotten, die von George bereitgestellt wurden an und stolziere wagemutig mit erhobenen Kopf nach unten in die Küche.
In der Küche angekommen, erblicke ich ein köstliches Mahl.
Doch nebenbei muss ich gestehen, dass es in den vergangenen Tagen nicht wirklich anders war.
 Denn egal in was für eine Lage George mich gebracht hat, so muss man ihn seine Kochkünste lassen. Auch wenn es den Eindruck erwecken lässt, dass er so

versucht seine Schuld von sich abzuwaschen.

Natürlich könnende man aber auch meinen, dass er einfach nur seine Leidenschaft auslebt und ganz ehrlich, wären die Umstände anders, dann würde ich dem höchstwahrscheinlich auch zustimmen.

Doch weil es heute auch noch Himbeeren zum Frühstück gibt, muss George etwas beunruhigendes geplant haben. Denn laut ihm kommt man in dieser Gegend nur schwer an wunderbare Früchte ran.

Aber wie George durch eine Unterhaltung mit mir erfahren hat, wie sehr ich Himbeeren liebe, werde ich jede einzelne genießen.

Also gibt es so gesehen nur zwei Möglichkeiten.
Entweder möchte er mir wirklich nur einen Gefallen getan haben oder heute soll mein letzter
Tag gewesen sein.
Letztendlich ist mir aber beides recht, immerhin werde ich heute ausbrechen.

Auch wenn ich gestehen muss, dass es wirklich so scheint als wenn George vertrauen mir gegenüber echt ist. Immerhin hat er mir während des Essens meinen Rucksack wieder gegeben und meinte dass ich ihn sowieso im Fall des Falles brauchen werde. Immerhin weiß man ja nie in welche Situation man kommt.

Außerdem hat er mir merkwürdigerweise ein kleines Geschenk in den Rucksack hinein gelegt.
Und um nicht in Ungewissheit zu reden, so muss ich gestehen das ist ein Taschenmesser ist.

Bei dieser so genannten merkwürdigen Hingabe von George, breitet sich irgendwie ein schlechtes Gewissen in mir aus.
Denn auch wenn er mich zu Beginn unserer Begegnung niedergeschlagen hat und mich anschließend gefangen hielt, so hat er sich dennoch gut um mich gekümmert und sich nicht an mir vergriffen.
Also ist es kurz gesagt sehr merkwürdig.
Vermutlich ist deshalb auch der Drang in mir, endlich von hier zu verschwinden, noch immer stärker als mein schlechtes Gewissen.

Draußen angekommen spielt mir irgendwie das Glück in die Hände. Denn weit und breit sind keine Zäune oder ähnliches zu erkennen. Dies bedeutet jedoch das ich noch heute meinen Plan unbedingt umsetzen muss...

Merkwürdig, irgendwie scheint es fast so, als hätte ich die Kontrolle über meinen eigenen Körper verloren. Das einzige was ich dazu sagen kann, ist dass es sich

es so anfühlt als wäre meine Seele ausgestiegen.
Als würde Sie mir zeigen zu welchen Dingen
ich fähig bin.
„So erblicke ich genau in diesem Moment
wie ich meinen Plan durchführe.
Doch weil ich George Denkvermögen unterschätzt habe,
verläuft alles und wirklich alles anders wie ich zunächst
dachte.
Denn anstatt das wir beide getrennte Wege gehen und
ich endlich wieder in Freiheit leben kann, so klebt nun
das Blut von Goerge an meinen Händen.
Dabei muss ich gestehen, dass ich dank meiner Seele
als Beobachter, im Wissen bin das ich nach dieser
Aktion noch nicht einmal panisch reagiere.
Nein, stattdessen verlasse ich das Anwesen als wäre
nichts geschehen.“

Kaum zu glauben was sich vor meinen Augen ereignete…
Doch noch weniger zu glauben, ist die Tatsache das sich
meine Seele wieder mit meinen Körper verbunden hat.
Aus irgendeinem Grund kommt es mir so vor, als wenn
dieser Ort etwas magisches an sich hat. Zumal ich mich
nicht daran erinnern kann, dass sich so etwas schon
einmal ereignete. Damit meine ich jedoch nur den
geistlichen Zustand, fern ab von meinem Körper.

Der sich nebenbei gemerkt, bei dem sogenannten Wiedereinstieg für einige Minuten wie eine Hülle anfühlt.

Ich meine, es geschieht so viel um uns herum, dass das eigene Auge nicht verstehen kann. Es kann weder die eigenen Werte, noch die äußeren Schwingungen erkennen. Sodass niemand und wirklich niemand einen sagen kann was mit einem los ist oder was mit einem geschieht.
Das einzige was andere Leute machen können, sind Behauptungen aufstellen.
Aus diesem Grund muss ich mehr oder weniger mit erwähnen, dass ich bis heute nicht genau weiß ob Leute mit Schizophrenie eine Krankheit oder eine Gabe besitzen. Denn wenn sie eine Gabe besitzen, dann haben die Menschen Angst. Und das so sehr, das Wissenschaftler Medikamente zusammengebraut haben.
Auch wenn man jetzt meinen könnte, dass ich viel zu viel spekuliere und dies niemals sein könnte. So muss ich euch auch vor Augen halten, dass es selbst ein Heilmittel für Krebs gibt. Doch unser so genannter Staat, sich dagegen entschieden hat, dies öffentlich zu machen.
Denn wenn Sie dies tun, dann würde der Staat nicht genug Umsatz machen.

Warum ich mir dessen so sicher bin, ist eigentlich ziemlich simpel erklärt.

Denn in unserem Dörfchen, hatte der Junge der gestorben ist Krebs und seine Mutter, die spurlos verschwunden ist, hatte einen Brief hinterlassen.

Einen Brief in der die sogenannte Wahrheit niedergeschrieben war.

„Der Staat hätte meinen kleinen Jungen retten können, doch sie entschieden sich dagegen und das nur weil sie gierig nach Geld sind. Ihr alle solltet unseren Ort schützen, denn nur hier gibt es einen wahrhaftigen Zusammenhalt."

Doch während ich mal wieder in meinen Gedanken versinke, so habe ich kaum bemerkt das sich langsam aber sicher der Nebel legt.

Kapitel 11 - Vertraute Gegend

Der Nebel legt sich und eine mir vertraute Gegend schenkt mir ein breites Lächeln. Ein Lächeln das auf eine bizarre Art und Weise mein Herz erwärmt.

Denn meine Augen erblicken den Vorhof meiner alten Schule, sowie auch die Bushaltestelle an der meine damalige beste Freundin Alina steht.

Bei dieser Sichtung sollte ich im besten Fall jeden Zweifel glauben, doch leider fühlt es sich verdammt gut an.

Und währenddessen ich nicht fassen kann wie lebendig Alina mir erscheint, so hat auch Sie meine Anwesenheit gespürt.

Stück für Stück kommt Sie rufend auf mich zu und umehrlich zu sein, je näher Alina auf mich zu kommt, desto mehr lasse ich alle Zweifel fallen.

Vermutlich aber auch nur, weil ich bis heute ihren Tod nicht wirklich verkraftet habe. Denn seitdem Sie fort war kam es mir so vor, als wenn sich in meinem Körper eine Art Leere einschlich. Eine Leere die mich von Anderen freiwillig ausgrenzte.

Doch genau in diesem Moment, steht sie vor mir und bevor ich an meine Zweifel festhalten kann, so umarmt Alina mich.

Mit dieser Umarmung verliere ich schließlich alle aufgebahrten Zweifel und merkwürdiger Weise auch die tiefe Leere in mir. Dabei kommt es mir fast so vor, als müsste nur die richtige Person mit dem Finger schnipsen und die Leere verblasst immer mehr.

Bis letztendlich auch die Dunkelheit scheinbar meilenweit entfernt ist.

Aber auch wenn ich ehrlich bin und dies wirklich nur ein Traum ist weil meine Kräfte mich verlassen haben, so möchte ich irgendwie nicht aufwachen.

Denn wenn man einen geliebten Menschen verloren hat ohne sich richtig verabschieden zu können, so ist dies verdammt schmerzhaft.

Außerdem, scheint es so als wäre ich von meinen Gedanken nicht mitgerissen, es scheint irgendwie so, wie in den alten Tagen an denen es hieß,

wir gegen den Rest der Welt.

Natürlich muss ich dazu gestehen, dass es eher so war, dass uns andere egal waren, denn wir hatten uns.

Dass dies merkwürdigerweise wie eine feste Beziehung klingt, dies ist mir durchaus bewusst. Doch auch wenn ich es aus formulieren könnte, so habe ich ehrlich gesagt keine Lust dazu.

Denn das einzige was gerade zählt, ist dass ich meine beste Freundin zurück habe und das ich merkwürdiger auf alle meine Sinne vollen Zugang habe.

Also ist es entweder eine merkwürdige Realität, die man vermutlich als Multiuniversum benennen kann oder ein starker und lebendiger Traum.

Das ich dabei selbstverständlich sagen kann, dass es mir irgendwie egal erscheint, ist vermutlich selbstverständlich. Immerhin ist es ein Verdammt gutes Gefühl, wenn endlich der Schmerz
und die Leere zerfallen.

Aus diesem Grund, löse ich mich von meiner angewurzelten Stehposition und gehe ohne weiter darüber nachzudenken mit Alina zu unserer Klasse.

Dort angekommen, muss ich gestehen das mir sofort etwas sehr merkwürdiges ins Auge blickt. Denn in dieser Klasse befinden sich nur diejenigen, die entweder spurlos verschwanden oder bereits tot sind.

Vermutlich wird mir so gut wie keiner glauben was ich genau in diesem Moment unter einen sogenannten Schockzustand erblicke.

Doch genau so ist es, es scheint irgendwie so als wäre

ich in einer Art Geisterstadt gelandet.

Auch, wenn ich es selbst nicht ganz glauben mag, so muss ich gestehen, dass ich mir ziemlich sicher bin, dass ich doch nicht träume.

Zudem bin ich mir durchaus bewusst, dass ich viele fragwürdige Dinge von mir gebe und dass dies vermutlich einer der fragwürdigsten ist.

Doch letztendlich kann ich nur meine eigene Wahrnehmung benennen. Die nebenbei gleichgestellt mit der Wahrheit ist.

Auch wenn ehrlich gesagt die eigene Wahrnehmung manchmal Streiche spielt, so ist es mehr oder weniger die eigene Wahrheit die man entweder akzeptieren oder leugnen kann.

Das ich dies dazu gebe hat nämlich einen bestimmten Sinn.

Dieser Sinn ist so zu verstehen, dass jeder eine andere Wahrnehmung hat, eine Wahrnehmung die merkwürdigerweise manchmal Grenzen überschreiten lässt.

Doch darüber teilen sich sämtliche Meinungen.

Genauso wie sich vermutlich auch sämtliche Meinungen teilen werden, nachdem mein Tagebuch endlich von einemFremden gelesen wird.

So werden Sie mir entweder den Glauben schenken

oder denken das ich den Verstand verloren habe.
- Doch dies habe ich nicht in der Hand.-

Deswegen kann ich auch nicht sagen, genauso ist es
und dies musst du akzeptieren. Nein, dies ist auch nicht
Sinn und Zweck der ganzen Sache. Denn Sinn und
Zweck der ganzen Sache ist letztendlich
nur der Vorwand um meine Geschichte zu teilen.
Aus diesem Grund werde ich auch weiter mit meiner
Geschichte fortfahren, beziehungsweise weiter mein
Tagebuch vervollständigen.
Außerdem werde ich nebenbei gesagt, ein so genanntes
Andenken haben, also wenn diese Zeilen in diesem
Buch niedergeschrieben sind, kann ich davon ausgehen
dass ich es wirklich erlebt habe.
Zumindest das ich in dieser Minute und zu diesem
Zeitpunkt genau das empfand. Und dies ist meiner
Meinung nach viel wert.

Das ich jedoch Zeit dafür habe mitten im Unterricht
darüber zu schreiben und sozusagen ein wenig in den
Gedanken zu versinken, hat nur den Grund dass der
Unterricht ziemlich langweilig gestaltet ist. Oder aber
auch weil ich merkwürdigerweise an den letzten Tag
vor den Ferien angereist bin.

Auch wenn ich das Wort „angereist" nicht wirklich passend finde, so ist es aber auch nicht wirklich eine Wiederkehr. Immerhin kommt mir nur die Gegend bekannt vor, zumal irgendetwas anders zu sein scheint. So anders, dass ich Zweifel daran habe das dies wirklich mein geliebter Heimatort ist.

Desweiteren hat Alina mir vermittelt, dass ich derzeitig bei ihr wohne.

Und auch wenn es für mich nicht wirklich nach einer Umstellung klingt, so kann mir dennoch keiner die Frage nach meinen Eltern beantworten.

Aus diesem Grund ist wie bereits gesagt alles sehr merkwürdig.

Natürlich hätte ich auch schon vorher darauf kommen können, immerhin lebt Alina hier.

- Aber wer weiß, vielleicht ist ein bisschen Merkwürdigkeit auch etwas gutes. -

Doch auch wenn mir so gut wie alles sehr merkwürdig erscheint, so sind die mir bekannten Wege doch gleich. Mit dem einzigen Unterschied, dass man hier nicht mehr zum Ausgang kommt.

Dies ist mir jedoch nur in dem Sinn gekommen, weil ich nach unserem Haus gesucht habe.

Denn unser Haus liegt sozusagen nahe des Ausgangs oder der Grenze.

Die Grenze so wie alles drumherum fehlt.
So stellt sich die Frage ob dies vielleicht nur
ein weiteres Gefängnis ist...

Kapitel 12 - Vertrautes Heim, Glück allein

Vor dem Haus von Alina, macht sich aus einem Fenster ein vertrautes Geräusch breit. Ein Geräusch dass ich auf eine ganz bestimmte Person zu ordnen kann. Denn das Geräusch ist der Klang einer Stimme.
Eine Stimme, von der ich niemals gedacht hätte, Sie noch einmal hören zu dürfen. Denn diese Stimme gehört Leo, Alinas kleiner Bruder der eigentlich
an Krebs verstarb.
Doch in dieser Welt, an diesem Ort wo ich mich befinde scheint es so als wären alle Toten wieder auferstanden.
Aus diesem Grund habe ich auch ein wenig, beziehungsweise große Angst das auch ihre Mutter Heike nicht verschwunden, sondern Gestorben ist.
Denn auch Heike war sozusagen eine sehr gute Freundin von mir.
Auch wenn wir nicht gerade über das alltägliche geredet haben, so war Heike die einzige mit der man sich über das Befinden von Raum und Zeit unterhalten konnte.

Doch als Alina und ich das Haus betreten fällt mir nicht nur die veränderte Innenausstattung, sondern auch Leo ins Auge. Der nebenbei gemerkt fröhlich und kreischend auf der Couch rum hüpft.

Schon lustig, dass alle sich hier immer noch so verhalten, wie Sie zu Lebenszeiten waren.

Deshalb muss ich hinzufügen, dass sich zum Glück nicht alles nach dem Tod verändert. Denn wenn dies wirklich die Welt der Toten ist, so versuche ich einfach mit zu spielen. Immerhin kann man nie wissen was mit einem passiert, wenn derjenige weiß oder mitbekommt dass er nicht mehr am Leben ist.

Auch wenn es mir relativ schwer fällt dies geheim zu halten, so muss ich es dennoch versuchen.

Zumal mir eigentlich noch immer viele Fragen im Kopf kreisen. Fragen, mit denen ich eventuell herausfinden könnte, ob Alina wirklich nur wegen Leo gegangen ist. Also wirklich nur weil Sie sich selbst einredete, dass sie Leo nicht retten konnte oder weil sie insgeheim schon vorher mit Selbstmord Gedanken kämpfte.

Auch wenn ich weiß, dass die zweite Antwort beziehungsweise mein zweiter Gedankengang, mich höchstwahrscheinlich sehr verletzen wird, so weiß ich auch das es ein heikles Thema war und eigentlich noch immer ist.

Immerhin kann keiner und damit meine ich auch wirklich keiner erklären warum sich solche Gedanken aufbauen können. Das einzige was sie sagen, ist dass man wahrscheinlich viel durchgemacht hat. Doch meiner Meinung nach ist das zu wenig und klingt somit nur nach einem ungenügenden Wissen.

Das es in der Welt, in der wir leben zu viele Dinge gibt die wir am liebsten aufschreiben würden, muss ich eigentlich nicht erwähnen.

Doch auch wenn man es nicht glauben mag, so bin ich der Meinung das es hier viel zu viele Dinge gibt die ich nicht aufschreiben kann, weil sie vermutlich nicht in Worte zu fassen sind.

Aus diesem Grund muss ich wohl oder übel auch benennen, dass gerade als wir, also Alina, Leo und ich am Tisch sitzen und etwas Cornflakes essen, Heike zur Tür rein kommt.

Genau zu diesem Moment ist in meinem Herzen ist ein stechendes Gefühl, es sticht so sehr dass ich am liebsten los heulen könnte und dennoch versuche ich es still und heimlich zu unterdrücken.

Ich meine, was soll ich denn dann sagen,
also warum ich weine ?
- Die Wahrheit sicherlich nicht.-
Denn die Wahrheit ist um ehrlich zu sein unbegreiflich, sie würde nur sagen dass ich so gut wie alle an den Tod

verloren habe und dass ich dies nicht wirklich verarbeitet habe. Das ich einfach mit meinen inneren Schmerzen weiter gelebt habe.

Aus diesem Grund blicke ich vermutlich mit Tränen in den Augen, in den Augen von Heike.

Doch merkwürdigerweise erblicke ich einen überraschenden Blick, einen Blick der mir irgendwie ein „warum bist du hier?" vermittelt.

Sodass ich mir automatisch eine ganz besondere Frage stellen muss, denn was wäre wenn sie genauso wie ich hier gelandet ist. Was wäre wenn sie nicht versucht hätte von hier wieder zu verschwinden.

Ich meine welches Geschöpf sagt denn freiwillig, ich habe meine beiden Kinder verloren und werde sie nun hinter mir lassen. Nein, ich denke eher das wenn man auf so etwas stößt, man es als eine Art Wunder ansieht und für immer hierbleiben möchte.

Dabei stelle ich mir jedoch auch noch die Frage, ob wir beide die gleiche Person gesehen haben oder ob gezielt die Person geschickt wird, deren Tod man nie vergessen hat.

So ist die endgültige Frage, wer dieses Mädchen ist, dass ich im Schneesturm erblickt habe und vor allem was sie mit mir zu tun hat.

Dass ich dies im Laufe der Zeit in der ich hier bin unbedingt herausfinden möchte, muss ich mir wohl oder übel selbst gestehen. Denn irgendwie habe ich ein Gefühl in mir, dass mich daran hindert diese sogenannte Begegnung zu vergessen.

So ist auch die erste Nacht an diesem so gesehene neuen Ort merkwürdig verlaufen. Ich meine dafür das Alina's Familie und auch weitere Bekannte von mir scheinbar zum Leben erweckt wurden, habe ich schon lange nicht mehr so einen guten Schlaf gehabt.
Abgesehen von dem was ich geträumt habe. Denn in meinem Traum war schon wieder der Grund warum ich letztendlich hier bin.
Zumindest glaube ich das meine Präsenz nur auf den Grund des mysteriösen Mädchen, das ich in dem Schneesturm erblickte ist.
Doch währenddessen ich mit meiner scheinbar kleinen Gedankenwelt erwache, so muss ich gestehen, dass außer Heike keiner im Hause ist.
Vermutlich möchte Sie deshalb die Chance nutzen und mit mir ein Gespräch führen.
Denn nachdem ich meine Zähne geputzt habe und nach unten gegangen bin, saß Heike mit einer Tasse Kaffee an dem Esstisch und sagte zu mir,

„jetzt ist ein guter Zeitpunkt um mit dir zu reden."

Kurz gesagt, ist bei dem Gespräch einiges herausgekommen. Eigentlich ist bei dem Gespräch so viel herausgekommen, dass ich meinen Gedanken wohl oder übel einen Glauben schenken darf. Oder besser gesagt mir selbst auf die Schulter klopfen kann.

Denn Heike ist wirklich genauso wie ich in einem Schneesturm geraten und anschließend hier gelandet. Doch sie selbst erzählte mir auch, dass es gut ist, dass ich mir alles notiere. Denn wie sie selbst gemerkt hatte, wird man von diesem Ort verschlungen und dies so sehr, dass man irgendwann vergisst warum man überhaupt hier gelandet ist.

Dies bedeutet vermutlich, dass wenn auch ich jegliche Erinnerungen daran verliere, ich für immer in dieser Welt versinken werde, dass ich einen Teil der Toten sein werde und letztendlich für immer verschwinde.

Aus diesem Grund meinte Heike zu mir, dass auch wenn diese schöne Zeit auch mit Alina voranschreiten wird, ich vorsichtig sein soll. Denn die Magie an diesem Ort hat eine versteckte dunkle Seite an sich. Die uns so wunderschön vorkommt, dass sie das richtige Leben vergessen lässt.

Genau um dies zu verhindern, hat Heike sich selbst eine

77

einzige Notiz geschrieben, eine Notiz in der steht, dass Sie in der Welt der Toten ist und sie alles nötige dafür tun wird, um anderen bei einem Ausweg zu helfen. Denn manche gehören nicht zur Welt der Toten, auch wenn sie sich dies insgeheim wünschen.

Das diese Wörter von Heike kommen, zaubert mir ein Lächeln ins Gesicht. Denn auch wenn sie für immer aus der Welt der lebenden
ausgebrannt ist, so ist sie dennoch sie selbst und hat in der Welt der Toten eine Aufgabe für sich gefunden. Eine Aufgabe die sie selbst im Kontakt mit ihren Liebenden fortführt.

Zudem hat Heike mir auch noch von einer Party erzählt, eine Party auf der ein gewisses Mädchen namens Nele ist. Dieses Mädchen werde ich sofort wieder erkennen, denn sie ist diejenige die mich hierher geführt hat. Schon merkwürdig das Heike mir noch nicht einmal sagen mag woher ich diese Nele kenne. Doch vermutlich muss ich dies selber herausfinden.
Und dass ich dorthin definitiv mit Alina hingehe, steht für mich schon mal in Stein Gemetzel.
Doch bevor ich mich für diese gewisse Party fertig mache, so muss ich eines noch sagen, ich muss sagen

das ich verdammt glücklich bin.

Darüber hinaus, bin ich nicht nur verdammt glücklich, nein, ich bin irgendwie auch ein wenig erleichtert.

Denn obwohl ich viele geliebte Menschen verloren habe und sie das Licht in meinem Herzen mitnahmen.

So kann ich eines mit klarem Gewissen sagen,

„egal wie viele geliebte Personen, ich scheinbar geglaubt hatte, für immer verloren zu haben. Glaube ich irgendwie, dass mein Selbst ein Stück näher des Lichtes in meinem Herzen gekommen ist und das vermutlich nur dank den anschaubaren Mut von Heike."

Immerhin ist die Aktion von Heike, nicht unbedingt ungefährlich.

Zumal man nicht weiß wie dieser Ort reagiert, wenn jemand versucht die anderen wieder hinaus in die weite Welt zu schicken.

Doch abgesehen davon dass ich versuchen muss diese Nele ein zu ordnen, werde ich noch einmal mit Alina feiern können.

Kapitel 13 - Willkommen im Club

Kaum zu glauben was ich sich in der wenigen Zeit, in der ich an diesem geheimnisvollen Ort bin, schon alles erlebt habe.
Es kommt mir beinahe so vor, als wenn es ein Abenteuer wäre, ein Abenteuer das irgendwie kein Ende findet.

Doch egal wie schön es ist oder wie schön es klingen mag, so muss dennoch jede Geschichte ein Ende finden. Ob einem das Ende dann gefällt oder nicht, spielt eigentlich keine Rolle. Denn das einzige was sozusagen wichtig ist, ist das jeder seinen eigenen Weg gehen muss.

Die Party, die in einem großen Haus, beziehungsweise in dem größten Haus unseres Dorfes stattfindet, bin ich zu Beginn auf ein lang vermissten Zusammenhalt getroffen.
Auch wenn der Umzug nicht gerade lange her ist, so ist doch das so genannte Klima hier, komplett anders.
Kurz gesagt ist es so als wenn man dazu gehört.
Als wenn man endlich seinen Platz in der weiten Welt gefunden hat.

Doch leider weiß ich ganz genau das ich hier nicht hin gehöre, denn wie Heike bereits gesagt hat, gehört nicht jeder zu der Welt der Toten.

Aus diesem Grund nehme ich meinen ganzen Mut zusammen und frage Alina nach Nele.

Dabei muss ich zugeben das ich eigentlich eine andere Reaktion auf meine Frage erwartet habe.

Doch ihre Antwort ist ohne jegliche Zweifel die Feststellung dass wir beide eine intime Beziehung führen.

Also kurz gesagt bin oder war ich mit ihr zusammen und habe dies merkwürdigerweise entweder komplett vergessen oder verdrängt.

Das ganze nieder zu schreiben ist echt verwirrend.

Zumal hier alle wieder leben und ich nicht weiß, ob es dementsprechend ein ist oder ein war bleiben sollte.

Dennoch versuche ich nicht abzuheben und dementsprechend weiterhin alles gut zu notieren.

Mitten im Geschehen der Party, wurde mir bewusst das man nicht so viel Zeit hat alles gut aufzuschreiben, zumal man letztendlich doch

nur feiern möchte. Und wenn alle um dich herum in Party Stimmung sind, so fällt es nicht wirklich leicht sich in

irgendeiner Ecke hin zu hocken und einfach zu schreiben. Außerdem habe ich nebenbei gesagt auch etwas Angst, ich befürchte nämlich das mir das Buch aus den Händen gerissen werden kann und ich es danach nicht mehr wieder finde.
Und dann habe ich wortwörtlich ein großes Problem.
Das Problem nicht mehr zu wissen warum ich hier gelandet bin und wie ich eventuell wieder zurück nach Hause finde.

Infolgedessen habe, ich etwas von der Party Stimmung mitreißen lassen. Jedoch nur so sehr, dass ich immer noch einen klaren Gedanken fassen kann.
Immerhin kann ich es mir selbst nicht erlauben mich an diesem Tag abzuschießen und dementsprechend viel zu viel Alkohol zu konsumieren.
Auch wenn dieses Wort „konsumieren" eher nach Drogen klingt, so muss ich gestehen das die einzige Droge die ich an diesem Abend angerührt habe, merkwürdigerweise Zigaretten sind.
Obwohl ich eigentlich immer gedacht habe, dass ich so etwas niemals anrühren würde.
So kommt es mir so vor, als wenn ich Nele immer näher komme. Als wenn ich mit meinen Taten irgendwelche tief verborgenen Schranken zu Fall bringe.

Doch jegliche Gedanken daran, dass ich eventuell durch den so genannten Schutzmechanismus etwas vergessen haben könnte, zerfallen plötzlich zu Staub.

Denn auf der Veranda, wo ich derzeitig stehe und genüsslich meine Zigarette genieße, kommt Alina auf mich zu und zündet sich ebenfalls eine an.

Desweiteren löst sich bei unserem gemeinsamen rauchen eine Unterhaltung, bei der sich von Alina's Lippen der folgende Satz löst.

„Bilde dir ja nicht ein, mir nach dieser Unterhaltung, beziehungsweise nach der schönen Raucherpause zu folgen. Denn Nele kommt gleich und ich möchte das Ihr euch wieder versöhnt. Denn ihr seid ein echt süßes Paar, also kläre das gleich. Und komme ja nicht auf die glorreiche Idee dies wiederholt aufzuschieben. Denn ehrlich gesagt, hatte Nele gar nicht vor zu kommen. Sie kommt nur weil ich ihr gesagt habe dass du Schuldgefühle hast, also kläre das."

Je kürzer unsere Zigaretten wurden, desto mehr breitet sich in mir ein starkes Gefühl von Unwohlsein auf. Immerhin sollte ich laut Alina die Beziehung mit Nele wieder in Gang bringen und mich sozusagen für etwas entschuldigen von dem ich bis jetzt noch nicht einmal eine Ahnung habe.

„Ich meine worüber soll ich mit ihr reden?"

Natürlich kann ich auch einfach sagen, dass ich eine Art
Amnesie hätte und mich dementsprechend nur noch
wage an alles erinnere. Doch letztendlich würde es sich
in meinen Ohren eher so anhören, als hätte ich sie und
die gemeinsame schöne Zeit vergessen.
Deshalb muss ich mir irgendetwas einfallen lassen,
etwas das meine so genannte Amnesie nicht verrät
aber auch etwas um ihr ein Stückchen näher zu
kommen.
Allerdings sind meine Gedanken in dem Moment, in dem
sich die Gartentür öffnet, scheinbar für alle Zeit
verschwunden. Denn in diesem Moment erblicke ich die
Schönheit in Person, ich erblicke das Mädchen, welches
ich zum ersten Mal im Schneesturm wahrnahm.
Und nebenbei, hatte Heike recht.
Aus irgendeinem unerklärlichen Grund, kann ich sie zu
den Namen Nele wirklich ein ordnen. Jedoch hat sie mir
nicht gesagt, dass dieses Wiedersehen bei mir
Schmerzen verursacht.
Denn merkwürdigerweise fühlt es sich so an als wäre es
Liebe auf den ersten Blick.

Schon merkwürdig, immerhin sollte man doch meinen

das dies gar nicht möglich sei. Zumal ich eigentlich mit ihr zusammen bin. Zumindest wenn man die Aussagen von Alina Vertrauen schenkt.

Doch nun steht sie vor mir und ich stehe sozusagen steif im Winde und bin fasziniert von ihrer Schönheit. Ich kann es gar nicht in anderen Worten fassen. Denn wenn ich dies tun würde, dann würde dabei wahrscheinlich nur geschnulze rauskommen. Denn ihr langes braunes Haar, wirkt auf mich sanft zu ihren blauen funkelnden Augen, die irgendwie perfekt zu ihrer rosafarbenen Winterjacke passen. Ich bin sprachlos, denn irgendwie wünsche ich mir gerade nichts anderes als das sich unsere Lippen berühren. Dies mag völlig banal klingen, immerhin habe ich ja wortwörtlich irgendwie eine Amnesie.

Da mir aber durchaus bewusst ist, dass das Gehirn nicht immer eine zuverlässige Quelle ist, muss ich gestehen, dass Gefühle irgendwie nicht lügen können. Also habe ich so gesehen keine andere Wahl, ich muss meinen derzeitigen Zustand einen Glauben schenken. Den Glauben das ich tief in meinem Herzen starke Gefühle für diese ganz besondere

Person namens Nele habe.

Doch weil ich irgendwie ein wenig ehrlich mit ihr sein möchte, so muss ich irgendwie etwas Zeit schinden. Deswegen habe ich zu ihr gesagt, dass ich nicht vor dem ganzen Dorf mit ihr reden möchte, sondern lieber irgendwo, wo es stiller ist und wo wir etwas mehr Privatsphäre haben.
Das Nele dies akzeptiert und mir dabei mit einem Lächeln recht gibt, schmeichelt mir um ehrlich zu sein wirklich sehr.
Außerdem weiß ich jetzt dank meiner so gesehenen kleinen aber doch recht wahren Notlüge, dass diese große Villa tatsächlich ihr gehört.
Oder zu mindestens ihrer Mutter...

(Auch wenn es nebenbei gemerkt, immer noch makaber bleibt, warum sie dann nicht zu ihrer eigenen Party wollte. So werde ich mir definitiv nicht unnötig den Kopf darüber zerbrechen.)

Aus diesem Grund folge ich Nele durch das Haus in dem noch immer die starke Musik, die Menschen zum tanzen verleiten.
Ich folge Nele bis hin in ihr eigenes Zimmer, um alles mit

ihr zu bereden.

Dort angekommen verschließt Sie die Tür und sagt, „jetzt kann uns keiner mehr stören."

Kapitel 14 - Wenn die Maske fällt

Jetzt wo wir beide endlich einen ruhigen Ort gefunden haben in dem wir uns aussprechen können, so fehlen mir ehrlich gesagt noch immer die Worte. Denn obwohl ich gedacht habe das ich meine Gedanken sortieren könnte, so war dies nicht der Fall. Vermutlich aber auch nur weil meine Gedanken in Ihrer Nähe irgendwie lahmgelegt werden. Denn irgendwie scheint mein Gehirn abzuschalten und nur noch an das Hier und Jetzt zu denken. Als würde es mir vermitteln leb' dein Leben und hör auf soviel zu grübeln.

Aus diesem Grund blicke ich tief in Ihre Augen und lasse irgendwie mein Herz sprechen. Deshalb zitiere ich die folgenden Sätze mit meinen eigenen Worten. Denn umehrlich zu sein kann man es nicht besser erklären.

„Versuche Bitte einmal kurz zu vergessen was ich getan habe und lausche jetzt nur meinen Wörtern, denn diese kommen wortwörtlich aus der Tiefe meines Herzens und sind dementsprechend hundertprozentig ehrlich.

Nele, du hast vermutlich schon bereits von Alina gehört, dass sich bei mir Schuldgefühle oder ähnliches eingeschlichen hat. Doch welches ich damit eigentlich sagen möchte, ist dass Alina höchstwahrscheinlich damit Recht hat, denn anders kann ich mir nicht erklären, wie ich sonst ein so wunderschönes und fantastisches Mädchen einfach gehen lassen konnte."

Nachdem das tief verborgene gesagt wurde, so folgt eine kurze Schweigeminute.

Doch diese so genannte Schweigeminute, vergeht um ehrlich zu sein wie ein kurzer Gedankengang der gleich darauf wieder im Nebel verschwindet.

Zudem erscheint dieser Gedankengang mir irgendwie unbedeutend und das so sehr, dass ich ihn noch nicht mal an mich heran lasse.

So geschieht mitten aus dem Nichts und mit vollem Bewusstsein mein sehnlichster Wunsch.

Der Wunsch das sich unsere Lippen berühren, wird plötzlich Wirklichkeit. Währenddessen macht mein Herz sozusagen einen Freudensprung,

doch bedauerlicherweise fallen gleichzeitig auch jegliche Schranken meiner so genannten Amnesie zu Boden. Sie fallen mit einer rasanten Geschwindigkeit zu Boden, so dass ich mich plötzlich an alles wieder erinnern kann.

Aus diesem Grund falle ich nach diesem wunderschönen Kuss vor Nele auf die Knie, ich kann zwar sehen wie sich ihre Lippen bewegen, doch ihre Worte erreiche mich nicht. Es ist als hätte ich einen Zusammenbruch. Einen Zusammenbruch bei dem ich alle Erinnerungen wie auf Rausch noch einmal durch lebe.

So würde ich am liebsten laut auf schreien, verdammt noch mal, die Schranken die ich zu Fall bringen wollte, waren irgendwie ein Schutz.

Ein Schutz von mir selbst oder zumindest ein Schutz der mir die Möglichkeit gab alles besser zu machen. Doch letztendlich sind es Taten die mich selbst beschreiben und mich dementsprechend ausmachen. Aber auch wenn es den ein oder anderen schockieren wird, so wird dies mich nicht davon abhalten weiter zu schreiben. Deshalb muss ich gestehen, dass ich jetzt mehr oder weniger weiß warum ich so fasziniert von den Mördern in unserem Dorf bin.

Denn überraschenderweise bin auch ich einer der wahrhaftigen Mörder und mein erster Rache Zug, war gegen den Mörder von Nele.

An dem Tag, an dem sich das ganze ereignete, kann ich mich plötzlich wieder haarscharf erinnern.

Denn Nele und ich hatten an diesem Tag wieder einmal die Zeit vergessen und dies so sehr, das Sie die Befürchtung bekommen hat, zu spät nachhause zu kommen. Zumal Nele nebenbei gesagt, ihrer

Mutter einen gemeinsamen Filmabend versprach. Aus diesem Grund nahm Nele die Abkürzung durch den Wald nach Hause.

Doch leider kam Sie dort nie an, denn ein junger Mann lauerte ihr auf und schlug Sie tot...

Zu diesem Zeitpunkt, an dem ich natürlich schon zu Hause war, bahnte sich ein merkwürdiges Gefühl in mir auf. Ein Gefühl, dass mich dazu gebracht hatte, nochmal raus zu gehen und ihr hinterher zu laufen.

Also lief ich so schnell ich konnte in den Park, doch ich kam zu spät.

Der junge Mann den ich als einen gewissen Tino identifiziert hatte, schlug mehrere Male auf Nele ein und das nur weil Sie seine Gefühle nicht erwiderte.

Das ich in dieser Nacht ebenfalls bemerkte, dass Tino unter starken Alkohol Einfluss stand, hinderte mich nicht daran für Gerechtigkeit zu sorgen.

Denn er nahm mir meinen größten Schatz, er hatte mir meinen Diamanten für alle Zeiten gestohlen und dafür sollte er leiden.

Also nutzte ich den ängstlichen Schockzustand von Tino aus und griff ihn an.

 - Alles geschah irgendwie ziemlich schnell. -

Zumal ich nur noch weiß wie ihr lebloser Körper einfach

so am Boden lag und wie ich nicht aufhörte ihm die Haut von dem Körper zu Fetzen. Ich hörte erst dann auf als mein Telefon bereits das zwanzigste Mal geklingelt hatte. So beendete ich meine Tat und schaute auf mein Handy. Bei dem ich bemerkte das mich mehrfach Frau Schneider versuchte anzurufen.
Aus diesem Grund tätigte einen Rückruf.
Bei diesem Telefonat wurde schnell klar, dass sie sich Sorgen um ihr Kind macht.
So erklärte ich ihr alles, ich erklärte ihr Stück für Stück, die ganze bescheidene Wahrheit...

Doch das merkwürdige an der ganzen Sache ist nicht, dass ich jemanden umgebracht habe, sondern dass ich den Fall von Josie genau richtig eingeordnet habe. Denn ich war wortwörtlich der Wahrheit auf die Schliche gekommen. Doch dies erfuhr ich letztendlich nur bei dem Telefonat, in dem ich Frau Schneider die ganze Wahrheit erzählte. Und nebenbei hatte Sie mir, sowie auch ein paar andere Mörder geholfen diesen Tod zu verschleiern. Dies jedoch nur um der Menschheit zu zeigen das es auch Karma gibt. Doch letztendlich auch um meine Zukunft zu sichern. Denn wenn rauskommen würde das ich einer der wahrhaftigen Mörder bin, dann wäre meine Rache Aktion umsonst gewesen.

So stand ich mitten im Kreise der versammelten Mörder und einer von ihnen sagte, „eines Tages wirst du in unserem Club willkommen sein, doch dafür musst du freiwillig den Weg zurück aus der Finsternis finden."

Bevor ich überhaupt erfragen konnte, was genau man darunter verstehen sollte, kamen Sie bereits zu einer Lösung und ließen das ganze wie einen Tierangriff aussehen.
Am darauf folgenden Schultag, teilten sich die Meinungen über dieses Geschehen im ganzen Dorf.

Sie spekulierten darüber, was für ein Tier es wohl geschafft haben könnte, unbemerkt in unserem Dorf herum zu irren. Das dabei keiner auf die Idee gekommen ist, dass es sich hierbei vielleicht um einen der wahrhaftigen Mörder handeln muss, schockiert mich im Nachhinein schon etwas.
Doch letztendlich waren alle der Meinung, dass es vermutlich ein sehr schmerzhafter Tod gewesen sein musste. Zumal Tino wahrscheinlich bei vollem Bewusstsein war und dennoch von einer wilden Bestie niedergestreckt wurde.
So hieß es für die Anderen das Tino ungestraft davon gekommen ist, denn ein Tier ist den Ordnungshütern

zuvorgekommen.

Das einige aus unserem Dorf die Mörder wirklich als Ordnungshüter sehen, war irgendwie wie aus gelöscht... „so ganz unter uns, muss ich gestehen das mir diese Erinnerung ein wenig gefällt."

Immerhin weiß ich jetzt im Wissen darüber, dass auch wenn ich sozusagen schon einen auf dem Gewissen habe, ich dennoch nicht die einzige in unserem Dörfchen gewesen war, die wusste dass es keine Mordlust, sondern vielmehr eine bedeutungsvolle und hochangesehene Aufgabe ist.

Also kurz gesagt weiß ich jetzt, dass auch ich einer der wahrhaftige Mörder bin, sowie auch das Nele nicht nur tot, sondern auch die Tochter von Frau Schneider ist.

So merkwürdig es auch klingen mag, so glaube ich, das ich langsam wieder aufwache. Damit meine ich das ich, dass ich mich langsam aus meinem erstarrten Zustand, bei dem ich nebenbei irgendwie in die Leere gestarrt habe, zu mir komme.

„Die bezaubernde Stimme von Nele, die um mich schwingt ertönt immer lauter in meinen Ohren."

Doch als ich sozusagen zu mir komme, bemerke ich das Nele nicht mehr vor mir steht, sondern ebenfalls am Boden sitzt und das Beste daran ist, dass ich in ihren Armen liege.

Zudem muss ich wohl oder übel mehr als nur wenige Minuten weggetreten sein, immerhin kann man in Nele's Augen sehen, dass Sie die Befürchtung hatte ich würde nicht zurück kommen.

Auch wenn ich dazu gestehen muss, dass diese Befürchtung für mich ein wenig merkwürdig klingt. Ich meine würde man denn an diesem Ort überhaupt mitkriegen ob ich gestorben oder zurück ins Leben gekehrt bin?

Zumal es eine Frage ist auf die ich vermutlich lieber keine Antwort haben möchte. Denn selbst wenn es so ist, so lebe ich dennoch den restlichen heutigen Tag gegen Heike's Rat.

Denn auch wenn Heike zu mir meinte, dass ich aufpassen soll und mich auf gar keinen Fall gehen lassen darf, weil ich dann vermutlich für immer in einer Welt gefangen bin, zu der ich noch nicht gehöre.

So hat Heike mir auch nicht erzählt, wie Verdammt schwer es ist, dem Standzuhalten und es dementsprechend durch zu ziehen.

Vermutlich ist Heike deswegen noch hier, vermutlich

versucht Sie anderen zu helfen weil sie es selbst nicht geschafft hat.

Aber um ehrlich zu sein, möchte ich niemanden etwas unter die Nase reiben oder ähnliches. Ich möchte einfach nur diesen einen Tag mit Nele verbringen und genau damit werde ich jetzt anfangen.

Doch bevor ich dies tue, werde ich einen ausführlichen Grund niederschreiben.

Denn selbst wenn es für einige Leute dann immer noch nicht nachvollziehbar ist, so habe ich zumindest versucht es denjenigen zu erklären.

„Wer weiß, vielleicht ist dies mein letzter Tag mit Nele und das ich hier noch nicht her gehöre, dies habe ich um ehrlich zu sein schon längst begriffen. So stellt sich aber für mich nicht die Frage, was ich tun soll.

Nein, stattdessen habe ich für mich bereits die Entscheidung getroffen, dass ich den Tag mit Ihr verbringen werde. Umso auf eine merkwürdige Art und Weise ein wenig mit meiner Vergangenheit abzuschließen. Denn wenn ich dies nicht tue dann werde ich für immer in mir selbst gefangen sein.

Dies ist nebenbei vermutlich das schlimmste Gefängnis der Welt. Denn in diesem Gefängnis, in dem man sozusagen nie wieder aus sich selbst heraus kommt, befindet man sich wortwörtlich in einer Dunkelheit. Eine Dunkelheit, die einen versucht glauben zu lassen, dass der Tod der einzige Ausweg ist.

Doch dies stimmt nicht, der Tod ist nicht immer ein Ausweg. Denn eigentlich ist der einzige Ausweg den man einleiten kann um der Dunkelheit zu entfliehen und somit einen erneuten Versuch auf das fortführende Leben zu wagen, wenn man sich seinen Ängsten und auch seiner Vergangenheit entgegenstellt.

Denn wenn man in der Dunkelheit gefangen ist, so vergisst man häufig die Menschen um einen herum. Die Menschen, die einen etwas bedeuten und die vermutlich nach dem eigenen Tod nachziehen werden. So wird ein unmittelbarer Teufelskreis aufgebaut und dies sollte man niemals vergessen."

Doch jetzt, wo ich es ausführlich versucht habe zu formulieren, werde ich mich wortwörtlich ganz Nele hingeben.

Also werde ich fürs erste mein Tagebuch beiseite legen.

Denn das was jetzt zwischen uns beiden geschieht, geht um ehrlich zu sein nicht der ganzen Menschheit etwas an.

Kapitel 15 - Der Abschied

Nachdem ich am gestrigen Tag wahrscheinlich die schönste Nacht meines gesamten Lebens hatte, so erwache ich ohne jegliche Erinnerungslücken und starte in den neuen Tag. Ein Tag, der schon am frühen Morgen wunderschön ist. Denn abgesehen davon das ich mehr oder weniger herausgefunden habe, dass ich irgendwie ein Teil meiner Vergangenheit verdrängt habe, so bin ich noch immer in dem Zimmer von Nele.

Oder um es deutlicher zu sagen, noch immer zusammen mit ihr im Bett.

Aus diesem Grund, versuche ich ganz vorsichtig ihren Arm von mir zu nehmen und mich anschließend in ihre Richtung zu drehen.

Doch leider, habe ich sie wohl oder übel damit geweckt. So blicke ich nun in ihr süßes und noch leicht schlafendes Gesicht.

Doch bevor ich weiter die Schönheit von Nele betrachten kann, so beugt Sie sich zu mir und küsst mich. Genauso wie Nele mir gesagt hat, dass es schön wäre wenn ich noch ein wenig hier bleiben würde und Sie mir dann im laufe des Tages auch einiges gestehen muss.

Das ich dabei nicht widerstehen kann, hat

höchstwahrscheinlich nicht nur den Grund das ich
Verdammt neugierig darauf bin,
was Sie mir letztendlich unbedingt gestehen muss.
Sondern auch den Grund das ich meine derzeitige Zeit
nicht anders verbringen möchte. Auch wenn ich hier
eigentlich die restliche Zeit mit meiner besten
Freundin verbringen könnte, so mag es vielleicht etwas
makaber klingen, dass ich meine Meinung seitdem meine
Erinnerungen endlich wieder zurückgekehrt sind
geändert habe.
Immerhin muss ich irgendwie versuchen nicht nur damit
klar zu kommen, sondern auch damit abzuschließen.
Das Nele dabei ein wichtiger Teil des ganzen ist, muss
ich hoffentlich niemanden erklären. Immerhin hört das
Herz selbst dann nicht auf zu lieben wenn jemand geht.
Wenn jemand tief in dem eigenen Herzen einen ganz
besonderen Platz hat, so bleibt dieser
für immer reserviert.
Auch wenn man ganz genau weiß das diese Person nie
wieder kommt.
Vermutlich kann ich auch deswegen weder die
Anwesenheit von Nele widerstehen, noch ihr mein
Vertrauen entbehren.
Denn irgendwie scheint alles was aus Ihrem Mund
kommt, mir so nahe zu gehen, dass ich ihr jedes Wort

ohne aufkommende Zweifel glauben muss. Also könnte sie sozusagen, mir auch direkt ins Gesicht lügen und ich würde ihr einfach alles abnehmen.

Dies ist vermutlich mein eigener Tiefpunkt. Denn jeder Mensch hat irgendetwas dass einen so nahe geht, dass man ihn damit verletzen kann. Anscheinend habe ich genau diesen Tiefpunkt gefunden.

So kann ich jetzt auch endlich verstehen warum sich einer der Mörder in unserem Dörfchen selbst an den Pranger stellte. Denn um ehrlich zu sein würde ich das gleiche für Nele tun.

In der Zeit, in der ich mich wieder zurück in den Armen von Nele gelegt habe, sind wir beide wieder eingeschlafen.

Doch als ich dann erneut aufwache, so liegt sie nicht mehr neben mir. Aus diesem Grund stehe ich auf und taste mich langsam der steilen Treppe nach unten entlang. Dies jedoch nur, weil ich bei Treppen häufig auf tollpatschige Angewohnheiten stoße. Die so paddelig erscheinen, dass ich des Öfteren schon einige Treppen unfreiwillig hinuntergerollt bin.

Deshalb ist hohes Gebot, Vorsicht, ist besser als Nachsicht.

Doch als ich endlich auch die letzte Stufe der Treppe hinter mir habe, so erblicke ich Nele in der Küche. Nebenbei hatte Nele selbst als noch sie noch ein Teil der lebenden war kein gutes Koch wissen.

Aber aus irgendeinem Grund bemerkt meine Nase einen wunderschönen Geruch. Einen so guten Geruch das sich in meinen Mund gefühlt unendlich viel Speichel sammelt. Das dies nur daran liegen könnte dass ich Verdammt hungrig bin, ist hoffentlich nicht der Fall.

Denn auch wenn ich so gut wie es geht immer versucht habe ihr Essen hinunter zu Schlingen, so ging es mir danach um ehrlich zu sein nicht immer gut. Doch manchmal muss man einfach an die Menschen glauben die man liebt und ihnen so bei ihren Vorlieben unterstützen. Auch wenn ich dies um ehrlich zu sein, vielleicht ein bisschen anders machen können. Aber man sagt ja nicht umsonst hätte hätte Fahrradkette.

Wenn ich jedoch zurück, auf das was sie gerade zubereitet hat komme, so muss ich gestehen, dass es mir wirklich wie ein Traum vorkommt. Einen Traum den ich niemals für wahr gehalten hätte.

Denn erstaunlicherweise riecht das Essen nicht nur fantastisch, sondern schmeckt auch hervorragend. Vermutlich hat Nele in der Zeit in der sie hier ist, viel an ihrer Kochkunst gearbeitet und das sich dies gelohnt hat, kann ich nicht beschreiten.

Doch leider hat Nele dieses leckere Essen nicht nur zubereitet um mir ihre neuen Kochkünsten zu zeigen, sondern auch damit wir ein richtiges Abschiedsmahl haben.

Denn aus unerklärlichen Gründen weiß Nele ebenfalls das ich hier noch nicht her gehöre.

Deshalb bin ich ihr äußerst dankbar, dass sie versucht mir dies verständlich zu machen. Immerhin wissen hier nur die wenigen das sie bereits gestorben sind.

So hat auch Nele davon erfahren und dies merkwürdigerweise von ihrer eigenen Mutter.

Denn laut ihr war auch Frau Schneider in einen Schneesturm geraten und habe ihr viele Tricks bei dem kochen gezeigt, sowie sie ihr letztendlich auch die ganze Wahrheit erzählte.

Natürlich war es für sie zuerst unbegreiflich aber nach einer einer Weile hat Nele es dann trotzdem verstanden, immerhin ist das Haus hier fast immer leerstehend.

Aus diesem Grund tut es Nele zwar weh mich ebenfalls gehen zu lassen, doch sie weiß auch, dass sie nicht in dem Gedanken leben kann, ebenfalls ein

Leben zu nehmen.

Aus diesem Grund zeigt sie mir genauso wie ihrer

eigenen Mutter den Weg zurück, in die Welt der sterblichen.

Als wir uns nach diesem wunderschönen und so genannten Abschiedsmahl auf den Weg machen, versucht Nele noch einmal ihr Herz sprechen zu lassen. Bei dem letztendlich herausgekommen ist, dass Sie mir wünscht das ich mein Leben versuche weiter zu leben, umso vielleicht eines Tages jemanden anderen helfen zu können.
Denn Nele könnte es sich selbst nie verzeihen, wenn ich mein Leben lang in den Rückspiegel schaue und so auf ein erneutes Glück freiwillig verzichte.

Es ist vermutlich die traurige Wahrheit, die wir beide schon längst wussten. Eine Wahrheit, die wir jedoch erst dann akzeptieren konnten, als wir die Chance bekommen haben endlich ein letztes Mal miteinander zu reden.
So muss ich dazu sagen, dass ich am liebsten sagen würde „auf ein Wiedersehen."
Um mich so nicht für immer verabschieden zu müssen.
Doch letztendlich können wir nicht hundertprozentig sagen ob wir uns auch wirklich wieder sehen werden.
Immerhin hatten wir sozusagen ganz schön viel Glück,

dass dies überhaupt ein zweites Mal möglich war.

So steht eines aber definitiv in Stein gemeißelt.
„Die Geschichte zwischen uns beiden, wird es kein
zweites Mal geben. Auch wenn diese so genannte
Geschichte zwischen uns beiden jetzt ein Ende hat. Ein
Ende das höchstwahrscheinlich nie wieder
fortgesetzt wird.
So wissen Nele und ich aber auch, dass wir unsere
Beziehung nie vergessen werden. Zumal es sozusagen
für uns beide die erste große Liebe war und
die erste Liebe lebt ewig, denn diese vergisst man nie."

Kapitel 16 - Die Entscheidung

An dem so genannten Ausgangspunkt angekommen, muss ich gestehen das wir vorsichtshalber Schleichwege gegangen sind.

Immerhin weiß man nie wie die anderen reagieren.

Zudem ist es aber auch ziemlich merkwürdig, dass es gerade wieder anfängt zu schneien. Als hätte dieser Schneesturm irgendeine Verbindung mit den verschiedenen Welten.

Das ich hierbei das Wort „Schneesturm" benutze hat nämlich einen ganz besonderen Grund, der Grund dass der Schneefall genauso anfängt, wie das letzte Mal. Nur das ich dieses Mal nicht niedergeschlagen werde.

Doch weil der Schneefall merkwürdiger Weise rasanter vergeht als zuvor, so schließe ich Nele zum Abschied noch ein letztes Mal in die Arme.

Nachdem dies getan ist, wenden wir uns beide voneinander ab und jeder geht seinen eigenen Weg. Nele geht zurück ins Geisterdörfchen und ich blicke ins Auge des Sturms.

Mitten im Sturm, geschieht etwas merkwürdiges. Denn abgesehen davon das auch plötzlich wieder der Nebel vorhanden ist, so scheint es fast so als würde mir dieser Schneesturm eine Geschichte erzählen wollen.

Doch nicht irgendeine, nein. Es scheint fast so als würde er mir zeigen was auf mich zukommen könnte, wenn ich mich dafür entscheide weiter zu leben.

So lausche ich nicht nur der Umgebung um mich herum, sondern bin auch offen für jedes merkwürdige Bild das wie eine Art Video im Schneesturm verläuft.

Auf diesen Bildern beziehungsweise Videos, sehe ich eine Art Zukunftsperspektive.

Eine Perspektive, die mir traurige und beinahe zu grauenvolle Dinge für mein weiterführendes Leben aufzeigt.

Doch überraschender Weise zeigt es eines welches den triftigen Grund hat weiter zu leben.

Denn der Schneesturm zeigt mir das ich eines Tages ein Mädchen kennen lerne, mit der ich einen so genannten Überlebenspakt schließen werde.

Denn dieses Mädchen, dass nebenbei den Namen Natalie tragen wird, scheint genauso wie ich, im allgemeinen Zustand, kaputt zu sein.

Und so merkwürdig es auch klingen mag, so ist dies noch nicht einmal das merkwürdigste an der ganzen Sache. Denn während ich die Bilder sehe, so muss ich gestehen, dass auf eine bizarre Art und Weise der Sturm versucht mit mir zu kommunizieren

Das er mir dabei die folgende Frage stellt, ob ich bereit bin mein Leben mit dem geschenkten Wissen weiter zu leben, muss ich wohl oder übel dazu geben.

Aus diesem Grund, sage ich mit Tränen in den Augen, „ja ich möchte mit deinem geschenkten Wissen mein Leben fortführen und somit zurück nach Hause kehren."

Anschließend scheint es so, als würde alles verblassen. Es scheint irgendwie so, als wenn der Nebel meine Sicht versperrt und dieses Mal so sehr, dass ich nur noch grau sehe.

Irgendwie befürchte ich, dass ich schon wieder ohnmächtig wurde.

Doch dieses Mal muss ich feststellen, dass nicht nur mein Schädel brummt, sondern das ich vermutlich im Krankenhaus bin.

Zudem muss gesagt werden, dass ich gerade zu stinksauer auf diejenigen bin, die das grelle Licht erfunden haben. Denn dieses Licht ist vermutlich der Grund dafür das mein Schädel brummt. Ich meine es ist nicht nur verdammt grell, sondern man kommt sich irgendwie auch ein wenig zugedröhnt vor.

Doch ob dies jetzt wirklich nur am Licht liegt, kann ich um ehrlich zu sein nicht wirklich festlegen. Zumal ich schon wieder an irgendeinen Tropf hänge und wer weiß ob es dieses Mal etwas was anderes als NACL. Lösung ist.

Zudem muss ich merkwürdigerweise gestehen, dass es mir so vorkommt als hätte ich mich gerade mal für fünf Minuten hingelegt und wäre anschließend wieder aufgewacht.

Doch weil ich in meinem leicht benebelten Sichtfeld, beziehungsweise Bewusstseinszustand, meine Eltern erblicke, versuche ich mit aller Kraft, einen erneuten schlaf zu vermeiden.

Irgendwie scheinen meine Eltern jedoch nicht nur glücklich, sondern auch ziemlich aufgebracht zu sein. Schon merkwürdig, dabei war ich doch nur ein paar Tage fort.

Ich meine natürlich verfällt man dann automatisch in Panik aber das man aufgebracht ist, dies kann ich mir definitiv nicht vorstellen.

Vor allem nicht nachdem sich die Tür ein zweites Mal öffnet und zwei Beamte das Zimmer betreten.

Denn laut Ihnen, war ich vier Jahre spurlos verschwunden.

So stellt sich automatisch die Frage, wo ich in all den Jahren gewesen bin und wie ich es von dort wieder zurück geschafft habe.

Doch um ehrlich zu sein, kann ich Ihnen nicht die Wahrheit erzählen oder zumindest nicht die ganze.

Ich meine wer würde mir denn bitte schön glauben das ich in der Welt der toten gelandet bin.

Vermutlich keiner der meine Geschichte sozusagen mit nicht erlebt hat. Aus diesem Grund habe ich den Beamten nur von der Hütte und George erzählt.

Wobei ich um ehrlich zu sein den letzten Teil

weggelassen habe.

Ich meine wenn die Beamten sich auf die Suche nach dieser sogenannten Hütte machen und dabei die Leiche von George auffinden.

So dauert es bestimmt nicht lange um A und B zusammen zu zählen.

Jedoch haben mir die Beamten kein einziges Wort geglaubt. Denn die einzige Hütte, in der Nähe des Fußballfeldes, soll angeblich schon seit mehreren Jahren nicht nur leer stehen sondern auch abgebrannt sein. Doch weil die Beamten denken das ich unter einen traumatischen Schock stehe, lasse Sie die ganze Geschichte auf sich beruhen.

Vermutlich aber auch nur weil sie befürchten das mein Körper versucht mich und meine Psyche vor irgendein besonderes Erlebnis zu bewahren.

Aus diesem Grund verlassen die Beamten das Krankenzimmer und meine Eltern kommen auf mich zu.

Dabei meinen Sie irgendetwas von umziehen und einem Neustart.

Doch auch wenn ich weiß, dass meine Eltern es nur gut mit mir meinen, so habe ich es ihnen dennoch irgendwie ausreden können.

Vermutlich aber nur weil Sie angst haben, mich auf eine andere Weise erneut zu verlieren.

Aus diesem Grund, muss nur noch eins gesagt werden.

„Egal wie mein Leben nun an diesem Ort weiter verlaufen wird, eines steht mit Sicherheit fest, dass geschenkte Wissen des Schneesturms, wird irgendwann eintreten und dann werde auch ich endlich wieder anfangen ein fröhliches Leben zu führen. Genauso wie jetzt der Zeitpunkt gekommen ist, um Anderen zu ermöglichen ein Teil von meiner Geschichte zu werden. Aus diesem Grund muss jeder für sich selbst die Entscheidung treffen, ob man mir glauben schenkt oder das glauben der Beamten teilt."

Erleuchtende Gedankenzüge, bahnen sich den Weg zu
mir und breiten sich über den ganzen Körper aus.
Ich weiß jetzt, nun ist es aus. Meine Vergangenheit
schwindet und eines, welches ich nie vergessen werd',
sind aus gedankengeformt.

Drum' kann ich es nicht einfach beiseite schieben
und muss noch zum Schluss die Lyrik zur letzten Seite
beifügen.

Schneesturm

Ein Schneesturm zieht auf.
Ein Schneesturm aus Leid und Schmerz,
geht in den wunderschönsten Farben und Formen
hervor.
Hervor wie aus dem Nichts, wird die Welt von der
Dunkelheit befreit und geschmückt.

Doch der Sturm, er greift nach dir und raubt was ist
einst verloren.
Er raubt längst verschollene Erinnerungen,
nimmt sie in sich auf und verspeist diese.

Der Sturm wirbelt so stark,
dass das Auge nicht bemerkt, nicht versteht.
Denn der Sturm fügt Leid und Schmerz zusammen
und teilt mit der Welt.

So fällt Leid und Schmerz wie die wunderschönsten
Schneeflocken vom Himmel.

Herstellung und Verlag: BoD – Books on
Demand, Norderstedt
ISBN: 9783756204335

ÜBER DEN AUTOR

Lara Guse wurde im Jahr 2002 Geboren.
Durch ihre Faszination für Worte, die sich
nebenbei bereits im Kindesalter bemerkbar
gemacht hat, schreibt Sie in ihrer Laufbahn
kleine Texte, darunter Gedichte und dieses Buch.